热爱生活的一万个理由

马拓 著

CNS PUBLISHING & MEDIA 中南出版传媒
湖南文艺出版社 HUNAN LITERATURE AND ART PUBLISHING HOUSE
博集天卷 CS-BOOKY

目录

热爱生活的一万个理由

PART1

← PART2

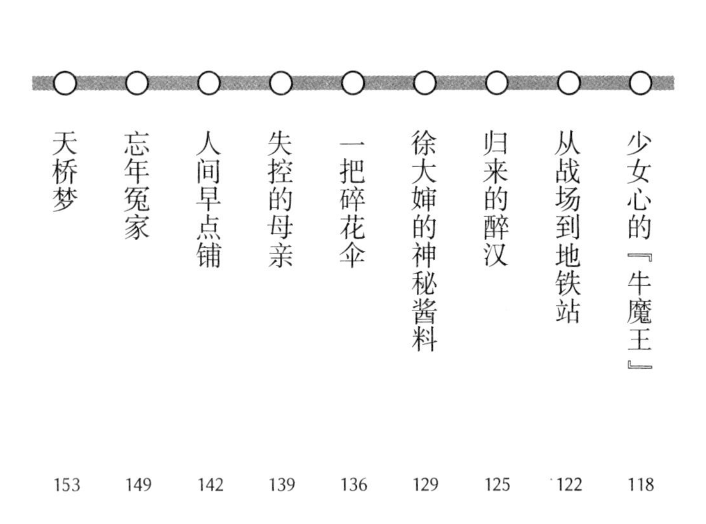

PART3

← PART1

地铁影后 柳丽丽

柳丽丽常年在地铁站外卖手机膜。

作为一名地铁民警，我给过柳丽丽一个封号：地铁影后。

最开始柳丽丽和她老公一起摆摊贴膜。两人是老乡，感情特好，也能吃苦。后来买卖做大，她老公单飞，挪到另外一条街上占领高地，夫妻俩各摆一摊，生意不要太红火。

为什么柳丽丽一个弱女子能够在地铁站这里屹立不倒？靠的就是那教科书式的演技。

她原先只有一张小桌子和一把小椅子，桌子上放一个纸板糊的贴膜招牌，往椅子上一坐，那就算是开张了。柳丽丽不算奸商，但也是靠忽悠起家，专找软柿子捏，看谁不懂行就多管谁要几块钱。尤其是钢化膜刚横空出世时，柳丽丽在顾客面前把它夸得神乎其神，说什么防割防划防子弹，要不是广场口地方小，她能跳着健美操叫卖。我偷偷监视过她两回，发现她贴一张钢化膜竟然要价三十！顾客问咋这么贵，她做出一副“竟然有这种疑问”的表情，说：“进价就二十五哇，收你五块钱手工费还嫌贵？防爆的！”

在警务室里，我声色俱厉：“进价到底多少钱？”

“呃，被你识破了。只有二十。”

我看见她眼珠转了一下，再问：“你想清楚再说！地铁站这儿又不是就你一个贴膜的。”

“十块钱。”

“……”

“五块！”她坐在小马扎上托起腮帮子，一脸烦躁。

过了两天，柳丽丽又被举报了。我出去一看，鼻子差点儿气歪了。她不知道从哪儿搞来一张行军床，上面摆满了充电器和耳机，看样子业务规模又扩大了。我气得指着她鼻子说：“你没事儿吧？！地铁口就这么大，你放一床在这儿像话吗？”

“马警官，我这就收，你不让摆我肯定不摆。”柳丽丽信誓旦旦地说道并开始归置，然后把床往车棚子里挪。

我往站厅里面走，半路上留了个心眼，猛回头一看，柳丽丽正扒着车棚子的墙往外看我，那张床也被撂下了。

过了两三个月，有别的摊贩向我反映，柳丽丽把她表姐一家子都搞到广场口卖东西了。表姐卖油桃，表姐夫卖凉糕。我出去一看，柳丽丽一床的山寨充电器，她表姐一车的大油桃，她表姐夫一箱的白花花的凉糕，无不昭示着这个家族产业链的蒸蒸日上。我质问柳丽丽，柳丽丽说什么她表姐有尿毒症，表姐夫腿里有钢板干不了体力活儿。跟我“打小报告”的人说：“我呸！她表姐打麻将三天三夜都不带犯困的，还尿毒症？！”

我气坏了，回想这些年和柳丽丽的大作战，我都快被忽悠得生活不能自理了。原来罚她，她说："哎哟喂，马警官，我老公发烧了，钱昨晚都给他看病用了。"没罚成。

结果中午有人看见她订比萨吃。

有一回要拘她，她说："您可不能拘我，我妈明天到北京，我明儿一早要带她爬长城呢，我攻略都做好了！"

再碰见她，问她长城爬得怎么样，她说："嗯，还行，最顶上还有座庙。"

我下定决心，再也不姑息此人了。找机会我一定要把这个戏精法办了。

后来我突然在地铁站听到一股风，说是柳丽丽的老公在外面有人了。刚开始我还不信，后来出门，偶然间看到柳丽丽在表姐面前抹眼泪。偷偷了解，才知道是柳丽丽老公自从独立摆摊后，私下里跟一个同乡搞起了暧昧。要不是柳丽丽表姐在马路上碰见自己妹夫和别人甜腻地一起吃午饭，一家子都还蒙在鼓里呢。

再碰见柳丽丽出摊，她坐在行军床后面目威严，跟垂帘听政似的。

我说："你把你的床往后摆摆！"

柳丽丽看着我，眼圈唰地就红了："我活不了了，你把我拘了吧！"

我："……"

不过柳丽丽并没有像其他的商贩一样，遇到点儿变故就销声匿迹。她是打不死的火凤凰。她依然天天来摆摊，摆她的床，贴她的手机膜，只是精神头没那么大了，有几分听天由命的意思。听她表姐说，其实后来经深入调查，柳丽丽老公并没有真的越轨行为，再加上柳丽丽寻死觅活，她老公便不和那姑娘来往了。现在她也不让她老公出去摆摊了，只由她一人，成天板着晚娘脸在地铁站干营生。

那天地铁站清理整治，我又把柳丽丽带回所里。柳丽丽最近暴饮暴食，肚子上已经有了游泳圈。

我先吓唬她："你这前科太多了呀，这回我也保不了你了，拘了吧。"

柳丽丽眼睛发直嘴没声。此刻距她老公东窗事发已经有仨礼拜。

我干笑了一把："我可不是跟你过不去呀，我也是对乘客有个交代，你天天堵着那儿不叫事儿啊。"

"……"

完了，她现在有点儿抑郁。其实我只是想警告一下她，她却一副认命的架势。

她难道不应该说："马警官，我不能被拘呀。要是我被拘了，我老公这几天又出去找狐狸精怎么办？你得理解我呀！"

可她什么都没说。

我还真有点儿骑虎难下了。

过了一会儿辅警说有人找我。那人进来，我一看，竟然是柳丽丽老公。

柳丽丽很惊讶地抬起头。

柳丽丽老公满头大汗："马警官，您怎么罚都行，您可别拘我媳妇哇，她挺不容易的。要不我换她，行吧？您把我拘了，反正我也是贴膜的。"

柳丽丽看着老公，眼睛都看直了。

我给她老公轰出去了。她老公出去时还不放心地看了眼柳丽丽。

柳丽丽忽然眼睛亮起来了，跟我说："马警官。"

"说。"

"我约了后天考驾照呢！现在好难约呀，我费了老鼻子劲才约上，您要不放我一马？"

我还没反应过来，就看见这货的眼珠子又是习惯性地一转。

"嘿嘿。"

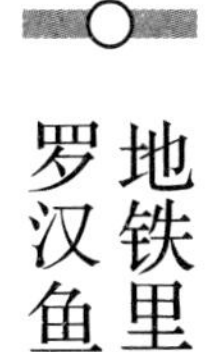

地铁里的罗汉鱼

曾经遇到一个女事主，她跟我说了她在地铁里神奇的“被抢劫”经历，然后哭得水漫金山，说无论如何请警察帮帮她。

简而言之是这样：晚上她刷卡出地铁时，因为抢闸机和另一个女乘客发生了口角，两人从站厅吵到了站口，冲突升级，互相推了几把，然后她在气急败坏之下干了一件不明智的事情，把自己的手提袋扔到了对方身上。

按照她的说法，随后她就跑到站厅里去找站务员主持公道。没找到，回来后发现对方和自己的手提袋都不见了。

杀敌一百，自损三千。女事主后悔极了。她叫端端。

端端是个圆脸姑娘，穿着毛线裙、小开衫，看人习惯脖子歪着三十度，眼神清澈，表情无辜，虽到不了我见犹怜的程度，但非战斗状态下应该是个有意思的人。

至少不是个惹事的人，这从她低劣的打架套路上就能看出来。

我说："你这不是被抢劫呀。你把东西砸到对方身上，然后自己跑了，对方那是捡走了呀。"

她想了想，抹了把眼泪："确实。"

我说："你砸完了为什么要跑哇？"

她说："那我还等她砸回来呀？"

这逻辑无懈可击。我只能看她继续抹眼泪，都搓泥了。

一开始端端报的抢劫案，领导很重视，让我一定要问清楚怎么回事儿。

我问她手提袋里装的何物。

她顾不上哭了，放低声音，跟传递情报似的说："我的戏服。"

我问："你是演员？"

她答："不是。我是我们学校动漫社的成员。你知道 cosplay 吗？"

我说："烤瓷的什么？"

她花了五分钟给我解释这个名词。虽然她形容得很吃力，但还好我悟性高，算是明白了。只能说她的英文发音真的很差劲。

我说："你准备 cos 谁？"

她说："一个罗汉。"

我看了看这个一米五几的圆脸蘑菇头姑娘，想着怎么优雅地让她出去。

端端又花了五分钟挽回局面。跟我说她要 cos 的不是《西游记》里的罗汉，而是一种叫作罗汉的热带鱼。

我勉强相信，问："那袋子里面装的是一条镶满鱼鳞的尾巴？"

她说："不，是一个大奔儿头，戴脑袋上的，老寿星见过吗？戴上去就是那个样子。"

我说："那不还是《西游记》吗?!"

她又满头大汗地给我普及罗汉鱼的知识。我才知道罗汉鱼是一种大脑门的鱼，只能单只地养，特别通人性，认主人，简直能和忠犬媲美。

她说她那个"大奔儿头"帽子是特地在东四一个专门给人做特体衣帽的店里定做的，红红的、圆圆的，自己戴上正合适。

我看着她，想象出来一个女版奥特曼。

她说她暗恋的男神养了一只罗汉鱼。她要在社里的封箱演出中演一出罗汉鱼的独角戏，说出对男神满满的爱意。

有点儿意思。我心想，到时候你还不如设计这样一个场景：舞台上电闪雷鸣，男神被一只大怪兽骚扰，你突然双臂摆着九十度的姿势从天而降，和怪兽厮打在一起！

晚高峰时她又来找过我几回，说自己想守株待兔找到那位女乘客，又怕对方不还她东西或者不认账，便拉我过去陪她一起站台。正好我们那站有警务室，我想待着也是待着，就跟她在站口寻找过几次那个拿走她"大奔儿头"的女乘客。

每晚地铁站出站的乘客数以万计，当时那里又没有监控录像，我知道找到那名乘客并且要回东西的概率微乎其微，只祈祷她别因为认错人而节外生枝。结果她还是各种搞事情。

第一回认错了，去拍一个长发女子的肩膀，人家回头，端端特不自信地看着人家，半天挤出一句话："您……脸上这痤疮是新长的吗？三天前有吗？"

第二回认错了，只能我硬着头皮上，出示了工作证给人解释缘由，结果对方说：“穆日来要！（不知道！）”……是个韩国人。

第三回，她自己都脸盲了，干脆说：“过过过。”

看得出来，她有点儿焦虑。

端端说距离演出的时间不多了，她还没有初演给社长看呢，也不知道这个节目能不能登台。

她男神明年就毕业了，而且他大四基本是不在学校的。要表白就得趁现在，过了这村儿就没这店儿了。

我说：“你直接去跟他说呀，费这么大劲演一个这个，既不实际又不靠谱，而且含含糊糊不疼不痒，他吃这套吗？”

她说：“哎呀，不行啦，喜欢他的女孩子那么多，如果直说就体现不出来美感和我自己的优势了。那还不如不说！”

然后她很同情地看着我：“被很多人表白过的感觉你不会懂，那是一种曾经沧海难为水的感觉。”

看我没话，她又抱歉地拍拍我：“其实我也不懂，但是他懂，我也是揣摩很久才知道的。”

其实我没有不高兴，我只是隐隐感觉，所谓的暧昧都是出于自我保护。在成功率很低的情况下，只能打造一种看破不说破的意境。

何况端端想打造的大奔儿头意境还有点儿雷人。

后来端端情绪有点儿不稳定，有那么两回和她一起蹲守的时候，她开始抱怨我对她的事儿不上心，又或者是说她想去重新做一个大奔儿头，不想再继续这样守株待兔了。

说实话，我也有点儿烦，这叫什么事儿啊？虽然以往也陪事主这样找过逃跑的涉事者，但那毕竟是实打实的治安案件哪。她这算啥？砸人者求助警察苦寻砸人凶器？也许对方发现她袋子里的那个大奔儿头帽子，以为是个脏衣篓子或者剩饭罩子，早就物尽其用了。

后来我也就懒得搭理端端。我觉得这个人心态还是有问题，不通透，而且有点儿矫情，活在自己的世界里。

你就想想，费劲巴拉、形象尽毁地演出一个那玩意儿的人，是不是有点儿妄想倾向？

那年年底端端基本就不再去我们地铁站找那个人了。这基本上符合我在我们辖区经历的真人真事儿的规律，都有着动人或者惊人的开头，然后慢慢地消磨，最后不了了之。我猜，她一定是自己做了另一个帽子，或者干脆是初演在社长那里没有过，放弃了那场演出。

我真是替她松口气。

不过有天晚上我忽然接到了她的电话。她跟我说她还是想找，她不想放弃。她问我有没有其他办法，比如技术定位、人脸追踪什么的。

我很事务性地告诉她："没有。"

我还很事务性地告诉她："我现在是非上班时间。"

我觉得可能是我最后的冷漠让端端彻底清醒了，她之后一段时间就没再联系过我。

过年的时候，家里准备养两条金鱼充充景，去了花鸟鱼虫市场，我特意去看了看罗汉鱼，我的天，那个奔儿头比我想象的还要大。

鬼使神差地我买了一条。买回来就放在我的电脑桌上。

这条鱼我分不出公母，我对它的唯一感知就是，一旦我坐在桌边，它就会一直看着我。只要我稍微有点儿风吹草动，它就使劲摇晃尾巴，好像终于等来了什么一样。

我也不知道它是喜欢我还是想吃了我。因为它吃东西真的很凶猛，但是吃饱了又回到那种盯着你一眼不离的“迷鱼”状态。

我很喜欢与它互动。

它只能单养，这是它得天独厚的专宠优势。

我有点儿理解端端为什么非要扮演罗汉鱼了。

就算难以触及对方，那也能作为对方唯一的守望。

独角戏也真算是一种幸福哇。

过年时意外收到了端端发来的拜年短信，礼貌地回过去，又聊了两句。

她跟我说之所以不想找那个东西了，是知道男神在元旦时脱单了。

她还跟我道歉，说之前情绪一直不好，是因为男神在脱单时早有迹象，她一直回避，却又避之不及。

我说：“没事儿。封箱演出还演吗？”

她说：“演，和大家伙儿一起演个关于重生或者穿越的故事。”

我说：“这才是动漫社的画风啊。”

她答：“嗯嗯。”

我问：“你演女主或者配角？”

她说：“不是。”

“路人？”

她说也不是。

“那演什么？”

她说主角穿越或者重生时会有很多人表盘从后台冲出来围着主角转，她演其中的一个表盘。

这次我很轻易地听懂了，但愿她别一时冲动把表盘扔到主角身上。

她笑了。

想起她曾经跟我说的原先准备扮演罗汉鱼的独角戏里的一句台词：

“你以为我那么高兴地等着你是为了吃几口鱼食，其实你错了。”

志云大妈

我刚到我们派出所工作时，有个老太太成天在地铁站外卖煮玉米。她推着小推车，上面放着装满蜂窝煤的炉子，炉子上面有口大铝锅，锅里填满了玉米。老太太每每支好摊，就在后面花坛的道牙子上盘腿一坐，大锅上方香雾缭绕，乍一看，还以为是广场上供了尊菩萨。

老太太很鬼，成天霸占着花坛那里的宝地，但一到晚上民警撤勤时，就把小推车堵到出站口去。有一天我们通过监控发现车站口全是小摊贩，跟夜市似的，赶紧过去清理。其他小贩跟我们抱怨：老太太第一个堵着站口的，他们不跟上，货就卖不出去了呀。

我看着老太太，她穿着一身脏得看不出颜色的棉猴[1]，手里攥着三轮车钥匙，钥匙串上还别了个大葫芦。我管她要身份证，发现她

① 棉猴：风帽连着衣领的棉大衣。——编者注（本书注释如无特殊说明，均为编者注）

的名字叫“志云”。

在派出所里，我跟她说：“志云大妈，您老这么堵着站口不行啊，回头炉子再把乘客烫了。”

志云大妈揉着葫芦左顾右盼，跟我说了第一句话：“小伙子……我能抽根烟吗？”

一副标准的烟酒嗓。志云大妈是烟民。

我赶紧给大妈上烟。

没想到一根烟没能俘获志云大妈的芳心。她每晚还是推着车照堵不误。每次一堵，站口就乱成一锅粥，我们就得出动。自此我们派出所有句口号叫作“防火防盗防志云”。

但其实我是怕志云大妈的。每次我都只是求她劝她遵守秩序，没有处罚过她。

首先因为志云大妈长得有点儿彪悍——四方大脸，浓眉小眼，嘴永远是怒撇着的，好像刚骂过人。而且据站口别的摊贩说，志云大妈是因为在老家婆媳不睦才跑出来的，好多年都不回去了，跟家里人都断了。当时我还说：“唉，她儿媳妇真可以，竟然能把婆婆逼得离家出走。”

“哪儿啊，她是跟自己婆婆不和！”

“……”

说到志云大妈摆摊的地点，那些小贩也都怨声载道。他们说花坛那里在志云来之前是大家先到先得的宝地，但志云来了之后就占山为王，把花坛长期霸占。后来据我观察的确如此，我曾经看到一个卖糖葫芦的老头早上在花坛前摆摊，志云大妈中午来了之后用深沉而不容商量的眼神看了他一眼，竖起大拇指朝身后比画了一下，老头就乖乖地挪了地儿。志云大妈随后在花坛前盘起双腿，掀开锅，深藏功与名地打了个哈欠。

小贩们的话让我产生了深深的思考。这老太太现在太牛了呀，成广场上的不安定因素了。现在她和大家相安无事是因为大家怕她，那如果碰到一位横主儿跟她抢地盘，她跟对方打起来了怎么办？对方把她揍了怎么办？她拿蜂窝煤给对方烫了怎么办？误伤了乘客怎么办？

有一天晚上又碰见志云堵着出站口，我态度异常强硬。我说："跟你说多少次了，不要堵着地铁口，你这个是炉子，容易烫到乘客！"

志云大妈用三角眼斜看着我。我印象很深，那天她还戴了顶粉红色的毛线帽，帽子有点儿脱线，像一坨粉色的假发。造型有点儿搞笑。

"你回头把乘客烫伤了，让你赔钱，你有吗？平时看你岁数大都没处罚过你，别蹬鼻子上脸哪！"

广场外一群小贩盯着我俩，想看看我怎么惩治他们的公敌志云大妈。

我心想只要她乖乖撤出站口，去能卖的地方卖，我就给她一个台阶下。但志云大妈没表态，甚至眼神里还有点儿怨念。

我吓唬她："那你先跟我回派出所吧，东西也别卖了。"

我话音未落，志云整个人已经趴在了三轮车上，头朝地腚朝天，完全是一个杂技姿势。而且她这一套动作来得悄无声息，等我准备要制止她，她已经跟焊在三轮车上一样雷打不动了。

我叫了她半天，没反应，看样子是要死磕。我灰头土脸地往广场外走，卖花的琼琼跟我说："死老太太就会这招，谁跟她抢地盘，她也是趴在车上不起来。马警官，你可要雄起呀！"

我气急败坏："哪儿凉快上哪儿待着去！"

自此以后我和志云结下了梁子，不管是广场上碰到还是派出所碰到，我都是面目冰冷，不多一言。有一回我在我们值班室外面碰见她，好像也是因为堵口摆摊被我同事叫进来反省，她叼着根烟瞪了我一眼，愁云惨雾。头上那顶粉红色的帽子已经脏成树皮色了。

我可不会再给你烟抽了。我心想。

好在过了一阵儿那个地铁站改造，花坛没了，广场出口也变了，客流被引走，小摊小贩挣不到钱也就都去其他地铁站摆摊了。志云也随着大流进行了战略转移，不知道去哪个地铁站破坏生态平衡了。

再见到志云是两年后。那次我从西二旗下地铁办事，吃惊地发现天桥下竟然有个熟悉的身影。是志云！她还是老样子，小三轮大炉子，只是头上帽子变了，变成夏天的凉帽了。老太太还挺知冷知热嘛。

虽然和她相处得不太愉快，但看到仍旧精神矍铄操持旧业的她，我多少还是惊喜的。这时我发现她也看到了我，并且迅速站起身，穿越人流奔我而来。

我有点儿紧张，天知道她要干什么！

她不会还记着仇，要拿通红的蜂窝煤扔我吧？

我越走越快，她却不知从哪儿抄了近路截住我，然后手一伸，是一根煮玉米："嘿……你吃！"

还是那副烟酒嗓，还是那双总是不服不忿的三角眼。她看上去确实老了两岁，她看着同样老了两岁的我，笑得像个孩子。

我却有点儿想落泪。

风中的孩子

有一天早晨风很大，站务员往我们派出所送来了一个男孩儿。

男孩儿叫小凯，已经上初中了，一张清秀脸，整个人却瘦得像大麦秆子，显得头大身子小。小凯的皮肤也很粗糙，说话声音还有种烟酒嗓的粗重。我看这孩子穿着一身干净的耐克、阿迪，倒不像是走失了或者被拐卖的，最关键的是来到派出所，他竟然跟没事儿人似的一点儿不认生。我们接待室里扔着一个大警车上卸下来的长排座椅，他倒在上面酣然入眠。

“早上也是在站里这么睡，问他哪儿的他也不说，就是一直睡。”

我们把小凯留在乒乓球室，守着他做春秋大梦，听着他磨牙嗙呓。这孩子真能睡，不知不觉早高峰都过了，门外面什么吵人的动静都响了一遍，愣是没吵到他分毫。

终于这位“大爷”醒了，眼睛滴溜乱转地看着我们，好像刚蹦出来的石猴。我隆重地给他介绍了这是哪里，小凯起床下地，来回走了两步，说："嘿！原来还有地铁派出所，看来条件不怎么样，你们辛苦了！"

满满的社会人口吻。但真真切切摆在我面前的，是一张满是稚气的少年脸。

"你家住哪儿啊？"

"嗐，"小凯轻描淡写地道，"我没事儿不在家住。"

好奇怪。我问："为什么？"

"那又不是我家。"

"……平时你到底在哪儿住？"

"有时候去刷夜，有时候去姐姐家住。嘿嘿。"

后来我弄明白了，这个"姐姐"是他不知从哪儿认的。我说："不行。说你家的地址，或者你家人的联系方式。"

对于这个要求一开始小凯是拒绝的，但我发动所有脑细胞和他展开对攻，终于套出了他的家庭住址。在我大松一口气准备出门拿车钥匙时，听见后面传来一个懒散的哈欠声，随后道："费那么大劲干吗，腿长在我身上。"

坐上警车，小凯气定神闲。后排座上，他看着我们辅警，道："坐后面最好也系安全带。"辅警把安全带系上，他又说："谢谢。"

窗外的街景迅速倒退，我和小凯也有一搭没一搭地聊了起来。那天上午天高气爽，充满了回忆的色彩。小凯说话还是那么圆滑顺溜，对着窗户外面各种点评，好像比谁都会聊天似的。

"你说这清洁工，啊，起早贪黑累够呛还挣不到钱，怎么不去做点儿小买卖？不知道他们在想什么。"

"你瞅瞅现在玩具店卖的都是什么？擎天柱做得跟武大郎似的，幼稚。"

“骑自行车的都是大爷，不逆行都对不起你，你离他们远一些。”

我问小凯：“你为什么平时不回家住哇？”

小凯这会儿话匣子打开一半，想关也关不上了，于是便跟我讲起他从小到大的光辉事迹。

他从小就贪玩，贪玩到什么程度？就是只要是玩的就都着迷，玩上了就不分白天黑夜。比如从一开始小孩儿之间的做游戏藏猫猫，发展到后来的电脑游戏、打牌或者互联网。对小凯来讲，从来就没有什么节制可言，放学放假只要一玩起来就没有按时回家的概念。再加上他爹妈工作忙，除了给他一把家里的钥匙，下班后赶紧给他预备饭外，也疏忽了对他的约束。好在这孩子在外面玩惯了，有了社会属性，一不吃亏二不惹事，还不会让人太担心。

等到小凯小学毕业，他爸才意识到问题的严重性，开始强制他按点儿回家。但小凯在外面野惯了，上山容易下山难，难以接受这种要求。小凯爸爸管了几次没奏效，经常跟儿子拌嘴，有一次突然歇斯底里地喊：“有种你就别回来了，这是我的家！”

小凯心里高能预警：脾气此刻要上来，否则自己这么多年白混了。

于是他干脆不再回家。他彻底成了一个“社会人”。

他振振有词地跟我说：“和我一块儿玩的那帮人都比我大，还都是成功人士，有的是老板，有的是阔少，那叫什么层次？我们在一块儿撸串、泡吧、开卡丁车，人家也不嫌弃我没钱，反而教我好多道理，我觉得挺知足的。”

他又给我讲了他怎么在哥哥姐姐的帮助下追女孩儿，带着姑娘出入高档场所装阔摆谱最终俘获姑娘芳心的动人往事；又给我讲了怎么帮着大哥铲事，当时凶险无比最终化险为夷的过程；又给我讲了他们平时去的温泉多么高档，在哪儿哪儿做过多么正宗的马杀鸡。但我真的没有兴趣听了。

“我就告诉你，人能活多少岁？及时行乐是真理。我们昨晚上耍了一宿，爽啊！”说到这儿他管我要烟，我没给。

这时我们开到了他家的小区。我提议说：“把警车停在院外面，咱们走着进去吧，省得让邻居说你的闲话。”他说：“没事儿啊，开进去吧。”

好在小区院里没有什么人。下了车，按照以往的聊天套路，我还会问事主一些未来的打算，或者说几句宽慰的话，但不知为什么，我看了看小凯，嘴里却没话。

小凯也没话。抬头望望自己家的楼，顿了两秒。不知道他是不是在思索那句“有种你就别回来了，这是我的家”。

我想劝他两句，刚要开口，他就抬脚往楼里走去。一阵微风吹过，他瘦瘦的身影好像是被风刮动的，跟旁边的树叶子、草枝子一个摆动频率，挺入景。

我看着他走进单元门洞，然后又在门洞那里停了一会儿，仿佛在专注地看着什么，好半天才上楼。我有些奇怪，走过去发现原来门洞那里贴着一张挺旧的电影海报，是《哆啦A梦：伴我同行》。哆啦A梦一张大脸，冲我含泪微笑。

原来你的童心从未走远。愿你一切安好。

好好吃

我喜欢给嫌疑人吃我们大厨做的饭。

大厨有时极度不满，我便会顶着他批判的目光给自己打上丰盛的一份，然后找个一次性饭盒给嫌疑人匀半份。

然后我会把询问室里成山的案卷堆好，把印泥、签字笔、光盘之类的劳什子推到不碍眼的角落，腾出半张桌子，规规整整地铺上两张报纸，像码烛光晚餐一样布菜、端汤，我在这头，嫌疑人在那头。我俩脸对脸，左边是开着电子笔录的显示器，右侧是一个动不动会语音报时的傻闹钟，中间是氤氲的饭气。

我拿起筷子："吃吃吃。"

对面一般先扭捏一番，最后说："哎！"

这种屡试不爽的仪式感，其实源于之前的一次小确幸。

那时我们在地铁里查了一个逃犯，是个做掉渣饼生意的大叔，大叔原先在老家开了一间小门脸，卖掉渣饼，也夹杂一些别的小吃，隔壁的小吃店三天两头举报他，虽然没有确凿的证据，但他非常笃定是那个秃头店主搞的鬼，某一天夜里他一不做二不休，把秃头打了一顿，然后跑到北京卖饼来了。

那天做了半天笔录，他说饿了，我顺道给他盛了一份我们大厨做的软炸虾。

如果让我形容那份虾的味道，我只能说做得非常……健康。除了一丝寡淡的咸意，几乎不会对你的味蕾造成任何刺激。而且虾外面的面外竟然还没什么油，看上去好像是放饼铛里煎的。虾是好虾，又大又圆，面也舍得放，包着好大一坨，所以看起来每一筷子都是巨型的，你必须把嘴张到最大，才能咬下至多三分之一。我觉得那么吃有点儿不雅。

领导曾经说过："大锅饭不好做，咸了甜了老同志都不爱吃，只要干净就行。而且做饭真的很辛苦，早起晚睡的，你们要多体谅厨师。"

这软炸虾，掉渣饼大叔咬了一口就说："这虾这样做，不是糟践东西嘛！"

我眼睛一亮："你继续说！"

大叔给我讲了半天虾要怎么选，怎么挑线，怎么和面，怎么把握火候和油量。大叔说得摇头晃脑，我听得津津有味。

人家三线城市开小门脸的都说我们厨子做得不行，这仿佛是官方盖戳印证了我们舌头和胃遭受的委屈。

其实，吃大锅饭的唯一乐趣便是吐槽。一大帮同事聚在一起，苦着脸抱怨饭菜里的酸甜苦辣，哪怕是死对头都能聊成"闺密"。

每次赶上饭点儿，我都喜欢给嫌疑人端上一份大厨做的饭菜。

嫌疑人里有逃犯，有票提[1]揽客的小贩，有和别人打架的乘客。他们看见我如此煞有介事，都会瞪大眼珠看看到底上的什么“横菜”。我有时候会给他们盛大厨做的形状格外乖张的炒有机菜花，会给他们盛黏稠度超高的熬茄子，会给他们盛鼓得像大面包一样的炸带鱼，会给他们盛啃起来酸酸柴柴的小鸡翅根。

对面咬了第一口，我就很认真地观察。仿佛他们面部的神经中枢在舌头上，轻轻一触就会产生生理反应。

“……怎么了？”

“你老实讲，这菜好吃吗？”我故意表现得挺正经。

但没想到，这种饭菜竟然也有拥趸，好多人都说还不错。还有的竟然趁机教育我：“这饭还不好吃？这够不错了！你们年轻人好难伺候哇！”

那天我终于碰见一个上道儿的。一个拉黑车的大爷，吃了一口，眉头一皱：“这五花肉不能这么切，什么刀工啊这是？”

我说：“哈哈！”

我粗粗一算，这些年来除了同事们，至少有上百人吃过我们大厨做的饭。他们有的大快朵颐，有的惆怅难咽。但老实说，整体风评还可以。大家一致认为，我们大厨是一个合格的厨师。他做的菜，量足，味淡，虽然有时切法粗鲁，却从没让食物夹生或是过火。大家还说之所以我对他做的饭有微词，是因为我天天吃。而作为过客来说，吃上一顿我们所的伙食，还是挺受用的。

我仿佛找到了一张张公正的嘴，一张张靠谱的嘴，一张张不那么犀利的嘴。他们把我也带成了一个真正饥饿的人，在吃饭时，不

---

① 票提：指非法拉客赚提成。

那么专注于食物的蹩脚之处。

他们会说让我好好吃。

慢慢地，我学会了好好吃。

后来我不再吐槽大厨和他做的饭。

我还明白了一个道理：吃饭，仪式感要有，否则也不会有食欲。

哪怕是吃工作餐，我也会拿开书桌上一切无关的东西，铺开两张报纸，端端正正地把饭放好，和周围人多去品尝和分享食物的美味，即使它只是你一时果腹的东西。

当然，我们的大厨做的饭远远不止果腹的价值。现在想来，他做出的每一顿饭都不应被辜负。他那酷酷的小眼神，恰恰就体现了他对于做饭执着的自信。有点儿可爱了。

好好吃。

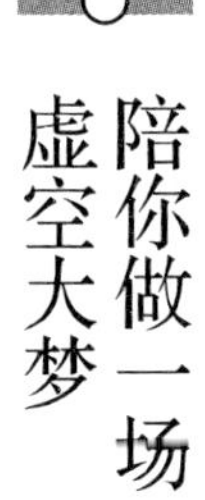

陪你做一场虚空大梦

周老二是我们地铁站的吹牛大王。

他见着我总说："马警官，你别拘我，我拉黑活儿只是爱好，我家里有产业，回头一定不会亏待你。"

周老二吹牛能吹到什么邪乎的程度？我给你好好理一理。

首先他说他在东北老家有一大片山林，种满了公孙树，一棵小树苗长好了就能卖好几千。当时我觉得好高大上啊，我都没有听说过这么文艺的树名。后来我知道那就是银杏树。

周老二还说他家在山下开了一条街的浴池。东北人爱泡澡，和日本人泡温泉一样都是文化。周老二说，他那一条街不论寒暑都张灯结彩，一到晚上光芒四射，整个镇上的人都跑去浴池里"干净干净"。他家的浴池正规、整洁，市里曾经要给他一个"青年企业家"称号，他没要。

周老二还说他在老家是一个大型文艺团的股东。他致力于将大东北文化发扬光大，把什么二人转、大秧歌好好改良改良：二人转一水儿的小鲜肉[1]加大美妞，唱的全是励志正能量曲子；大秧歌整一水儿的长腿大模特，在舞台上走来走去，宣传五讲四美。到时候灯光咔咔一打，烟雾机使劲吐白烟，那场面，老带劲了。

我说："哟，看不出来，你还挺政治正确的呀。"

他挠挠头："嗐！在老家和大官们接触多了肯定主旋律呀。"

当时我正给他做笔录，他手指头中间的烟一冒，正经话没说两句，牛皮吹得眼都睁不开了。

不光跟我，在黑车圈和摆摊界，他也是狂刷存在感。卖花的梅梅本来就好吹牛皮，两人没事儿就对着吹。梅梅说年底回老家买宝马，他说宝马太低级，流线型不好看，好比女人没屁股没胸，他准备买保时捷，大气，性感。他还成天去逗蛋糕房的阿姨，说："你这蛋挞一块钱一个也好意思卖？我隔夜的黑森林都不吃！"当然他最爱的还是跟同行们斗气，有一回跟拉活儿的老于戗戗起来，老于要揍他，他边跑还边说："我不跟你打架，我在老家都是兄弟们帮我打架，想让我亲自揍你，美死你！"

你觉得周老二是个奇葩吧？确实是。你现在也挺讨厌他吧？可其实我们并没有哇。周老二还有第二人格——超级热心。

有一次早上俩男乘客在限流带里干仗，头破血流，我冲过去刚要把人控制住，打人一方嗖地跳出栅栏，直奔广场口。我这边慢半拍，眼看就追不上了，却看见周老二在广场口迎面把打人者一把搂住，跟要接吻似的。也幸亏有他的拔刀相助，才让被打者有冤可申。

卖水果的老张年事已高，每回出摊都跟愚公移山似的。只有周

① 小鲜肉：网络流行语。指年轻帅气的男生。

老二没事儿帮他推推车、卸卸货，当然一边干还一边唠叨着：“你这堆破葡萄卖个什么劲，搁我我只吃进口红提。”

那年拉活儿的高小伟出了车祸，周老二还和另外几个黑车司机一块儿去医院看了他，买了好些补品。回来他跟我说：“够惨的，要搁我们老家，我绝对能给他找顶尖的专家看病。”

殊不知，周老二自己也有严重的高血压。之前他因为去车站里骚扰乘客，我们拘过他。拘留所医生都说，他这血压太高了，以后一定得去大医院好好治治。

慢慢地，周老二有点儿鼻歪眼斜了。一说话，右眼皮直跳。牛皮也吹得不那么顺畅了。

“我这就是操心家里生意操的。”

再后来，医生说他这情况随时会脑出血，开车太危险，他也就不再拉活儿了。

最后一次看见他，是在离我们地铁站不远的马路上，他面前摆着个笼子，人坐在小板凳上玩手机。笼子里是好几条小狗，他又卖上狗了。

“马警官，你看我这些狗怎么样？正经的波尔多犬哪。我这可不是卖，是朋友送我的，我嫌闹心就找有缘人送了。在老家我可只养藏獒。”

笼子里那几条狗卧的卧，趴的趴，眼神呆滞迷离。连狗都听烦了他吹牛皮。

我笑了笑，跟他挥手道别。走出几米回过头，看他瘦瘦的身影坐在红彤彤的夕阳下，孤零零惨兮兮，像是车水马龙里的一棵小草。想起他曾经那样矫健地帮我抓人，那样卖力地给老张推车，真想买他条狗。但我要真去了，他一定又会跳脚急眼：“你要我怎么能收钱？我他妈可不稀得这点儿钱！”

想想我还是走了。

那晚我做了一个梦，梦见西装革履的周老二带我去参观了他那边金灿灿、黄澄澄，种满了银杏树的山野，带我去他那灯红酒绿的浴池一条街泡了一次爽到极致的热水澡，带我去他的主场看了一次东北二人转。梦里的他容光焕发，派头十足，手一轻点就会有小弟冲上来敬茶递烟。也许这些事儿真的发生过，我也分不清了。

也许我唯一能做的，就是陪着他做一场虚空大梦。

站务员小云

原来我在我们地铁站处置过一个精神病人。大哥号称自己是变形金刚，见谁抡谁，方圆几米内寸草不生。一个站务员最早过去控制了他，“变形金刚”还搒了她后腰一下。

站务员是个胖胖的小姑娘，我们处置完毕时，姑娘疼得直歪嘴，但一看对方也是个可怜人，二话没说又回到岗位了。

第二天我碰到她，问她：“你腰不疼了吧？”

她正在站口买一根烤肠，反问我：“嗯？疼什么？”

她叫小云。小云就是这么个人，甭管碰到什么糟心事，一觉醒来，你再提，她就不知道你说的是什么事了。

还有一回，小云和一个闯站的男子扯起来了。男子要从出站口进站，小云过去阻拦，男子心有不悦，兀自前行，小云一股子牛劲上来，只能不住后退，坚守防线。后来的画面有些不雅，男子昂首挺胸奋力跋涉，小云倒在地上扯着他的腿被一步步拖行。后来据说尾巴骨受伤不轻，那两天走路都跟怀胎八月似的。

我们把男子拘了。

熬了一宿，第二天碰到上早班的小云，我将这个处理结果告诉她，想告慰她受伤的心灵。小云问我：“嗯？拘什么留？”好像行政拘留是昆虫界才有的奇闻。

我说：“大姐，昨天不是给你做笔录了吗？”

她一拍脑门：“啊！后续这么复杂呀！”

看过《初恋50次》吗？小云和那个女主一样，每天俩眼一睁，好像自己刚出生一样。

但小云也有烦心事。比如她总想减肥，为了相亲，为了结婚。我偷偷见过她在站台上掉眼泪，就因为一个下车的男乘客跟女朋友说这个站务员够敦实的，像谁谁谁。我劝她：“没事儿，胖一点儿减减就下去了，你也不是很胖。”

冷不丁地，她突然很大声地笑起来。我问：“怎么了？”

她眼睛一亮：“我才想到，原以为我每次相亲失败的原因都是复杂的，比如学历低呀，说话笨哪，今天才真正清楚了，就是身上这几斤肉哇！这叫事儿吗？”于是小云正式宣布，即刻减肥。

一小时之后我见她在广场上啃炸鸡排。仔细看看，脸上还挂着刚才的泪痕呢。

有一次，地铁收车后我们在站厅里搞演练，小云从票务室点完票出来，瞅着凌晨的地铁广场发呆。我知道，她心底里还是寂寞的，夜深人静，思考将来，想想也是姑娘家该有的心事。我拉警戒线正好拉到她身边，问她：“嘿，想啥呢？”

她歪着脑袋皱眉头：“今天一点儿风都没有哇。好想在广场上打羽毛球哇。”

什么？作为一个站务员，难道不是该在忧虑明早的大客流吗？作为一个成天想减肥的小胖子，难道不是该在尽力抑制自己的食欲吗？作为一个值班晚上只能睡四小时的姑娘，难道不是该盘算着这礼拜哪天倒休吗？我关切的表情都预备好了，你跟我说你想打羽毛球？我忽然觉得，小云性格真好。

当我们都纠结于过去、执着于未来时，只有小云这样的人，是真正活在当下的。生活对小云来说，是鼻腔里新鲜的空气，是眼前明静的夜空，是嘴里酥脆的炸鸡排，是随时出现在身边的鸟语花香。小云永远是现在的小云，不纠缠往事，不忧虑来日。哪怕是走入荒漠，对自己说的也是："现在真好，可以打沙滩排球呢。"

去年，小云结婚了，爱人是一名列车司机。

婚后的小云仍然在站台上乱窜，仍然没有毅力减肥，仍然好了伤疤立即忘了疼。如果你在站台上遇见她，千万不要贸然叫她，会吓到她的。因为她有可能在专心致志地欣赏着铁道缝里不期然开放的一棵蒲公英。

在地铁里翩翩起舞

作为地铁民警，我见过的精神病人有很多。但有一个，始终让我记忆犹新。

记得我刚刚参加工作，对地铁站任何新鲜事物都充满好奇的时候，警务室来了这样一个女孩儿，她二十岁出头，穿着得体，梳着马尾辫，脚踩着一双运动鞋。她当时目光呆滞地站在站台上，看着无数辆列车匆匆驶过，就是不上车。当时我的师傅把她带到警务室，这时姑娘的情绪开始有波动，哭闹、叫板，作为新警的我焦头烂额。

当时我还不知道她是精神有问题，以为只不过是抑郁或者焦虑，所以不住规劝，却无济于事。这时候师傅拿着手机放了一段音乐，然后奇迹发生了：前一秒还跟我撕扯不清的她，听到音乐旋律，竟然原地跳起舞来。

她一边跳一边看着我们，师傅便拍拍手，笑着说：“倩倩跳得真好！加油！”

我才知道她叫倩倩。也知道她原来是地铁站的常客，因为得了精神分裂症，休了学，一直治疗，总是趁着家人不备跑到附近人多的地方发呆。师傅处置过两次，大概摸清了她的习性。她大哭大闹时，只要放音乐，她就会马上跟着节奏摆出各种舞蹈动作。

师傅跟我说：“音乐别停，你还得夸她，要不然她就不跳了，该继续哭了。我趁着这时候联系她家属。”

不经事的我从来没遇到过这样的人，看着倩倩忘我投入的自嗨样子，一开始我还有点儿放不开，后来见她果真是吃这套，于是自己也变得有点儿皮。在陪着倩倩那半小时里，我不断给她叫好，拍巴掌，好像在看一出好戏。

“倩倩加油！厉害呀倩倩！再跳一首吧！”

倩倩果然也跳得渐入佳境，脑门都冒出汗珠了。

师傅在屋里通完电话，来到外间，拧着眉毛看我：“你在干什么？”

我说：“我按照您的指示给她叫好哇。”

师傅叫了个站务员帮忙，把我扯到一旁：“你还挺美是吧？你知道她是怎么回事儿啊，你这么亢奋？”

我打了蔫。师傅跟我说，倩倩从小就学习舞蹈，天资出众，后来以特长生的身份考到一所挺厉害的大学，代表学校去国外汇报演出过，还去农村支过教，上过电视、报纸，拿过各种大奖，优秀极了。后来家里出了点儿变故变成现在这样，只有在跳舞时才能依稀找到当年的身影。

“我虽然让你夸她，但没让你起哄。我夸她，是因为我觉得她真的挺厉害。有一次她家人不方便来，我把她送到家里，发现她家的墙上挂的全是各种奖状，还有演出照片，我就发现，现在她只有跳舞时，和照片上的精气神儿是相似的。”

那时候是新警的我，才突然感到自己的幼稚和浅薄。

试问，有什么东西能让我马上迸发激情吗？

似乎没有。工作，吃饭，休息，玩手机，浑浑噩噩。

我才发现，自己活得有多么无趣和不纯粹。

到外屋再看到倩倩时，她还在跳舞。她时而头颅高昂，时而弓身垂腰。舞步飞旋，穿越午后的流光，好像用双手在空气中作画。

我好像看见她在万众瞩目的舞台上俯视万千，看到她在练功房里日复一日地挥汗如雨。

也许当我们日渐苍老、油腻之时，倩倩还是那个未曾涉世的舞界新星，她火力全开，大汗淋漓，只为跳出一支世间最美最真的舞。

因为那是她最初的梦想。

她从未忘记。

人应该活成什么样子？记得曾经看过一个视频，是美国女孩儿丽兹·维拉斯奎兹的演讲，她因为患有怪病，外表丑陋，被人称为“世界上最丑的人”。当自己的相貌被上传网络，有网友留言称，她应该用手枪对准自己的太阳穴开一枪。但丽兹获得了高学历，建立了自己的网络视频频道，出了好几本励志书。在谈笑风生的演讲中丽兹告诉大家，虽然经历诸多磨难，但你究竟想用什么定义自己？是那些苦难、不公，还是自己为梦想而达成的成就？想必，只有后者，才是真正从岁月中提炼出的只属于我们自己的人生价值。

用自己真正的价值定义自己、标注自己，才是对此生负责。

就像那个倩倩一样，纵然意识都已混沌，但音乐响起，仍能翩翩起舞，回到自己的高光时刻。那种来自心底的对自己的认同和人生追求，其实就是任何东西都无法比拟的。

纵使英雄迟暮，美人白头，也要拥抱着梦想去活，哪怕一生无法实现，哪怕只能在地铁里跳个舞，那也是属于自己的光芒万丈。

乞讨者

我们地铁站外曾经来过一位乞讨者。

他好像得了一种病，脑袋特别大，眼睛也往外突，他穿着破破烂烂，在广场的通道里一坐，面前摆着一张纸壳子，上面写着身世和请求，大概是自幼患病没钱医治云云，拜托各位乡亲父老仗义相助，给自己一条生路。

但他的样子有点儿吓人，乘客们都绕着他走，所以他一上午下来也没要到几个钱。

因为他在通道里挡了乘客的路，我必须管，又不想伤了他的自尊，我便过去跟他说："大中午的来警务室休息休息吧，别中暑了。"

在警务室里，我看着他摆的那个纸壳子，上面字字触目惊心，短短几行道出了极为悲惨的身世。跟他聊了聊，知道他这是打小的病，后来父母把他送人，他在别人家里过得也不如意，老家的村里比较封建，看见只瘸腿的蛤蟆可能都要当作异类，他这个样子自然是成天被人奚落，甚至被视作不祥。于是在村里他几乎过的是见不得光的日子，自幼别说上学，就是吃饭都是有一顿没一顿。

说到这里他挺愤恨，嘴唇紧紧包着牙，我想终止这话题，他却还在往下说。

好容易熬到能够自理，他很快离开了自幼居住的村子，一开始跑到镇上打工，但基本上都是那种只管吃住没有工资的坑人活计。再加上他有病在身，生活质量也没好到哪儿去。怎么办？他只能继续挪窝，换了一座又一座镇子，有的时候能在吃住上上一层楼，有的时候换来换去成了滑坡，但经济在发展，在不断迁徙的过程中，他的生活状态还是呈向上的趋势。这期间他做过擦鞋工，给工厂烧过锅炉，在饭馆里帮过厨，反正只要是不用露脸的，他都能上。他跟我说，其实他的手很巧的，而且他有耐心，曾经得到很多小老板的赏识呢。

攒了一千多块钱。

慢慢北上，他什么都不想干了。他都快四十岁了。

“你不会是让我去救助站吧？我不去。”后来他有点儿执拗地看着我，“要点儿钱放身上踏实。救助站只管吃住，我去过。”

说实话我挺理解的。

他说话絮絮叨叨，但还是有逻辑的，能感觉到人确实在社会上混过，有起码的交际能力。只是他的精神状态不好，整个人过于放松，始终处于软趴趴的状态。

走的时候，我拿一次性杯子给他倒了杯水，他没有着急喝，端着杯子，提着自己的纸板，慢慢走远了。

后来有一次我经过一个水果摊，看见一个大姐在挑苹果，大姐拿起一个苹果，自言自语地说了一句话：“这个好，别看长歪了，但是挺红的。”然后飞快地把苹果放进了自己的塑料袋里。

我忽然脊背发冷。

想起了之前的那个人头乞丐。

这个世界上好像除了人，任何天生有缺陷的东西，只要能够正常成长、开花结果，便不会被嫌弃，便能够正常体现自己的价值。就好像那个苹果，长得再难看，甜还是甜，大家还是承认和喜欢。

但人就不行，一旦你天生与众不同，你就成了话题，也便有了遭遇。即使你的与众不同只限于外表，你也可能在心志上不可避免地面临无谓的打击甚至摧残。

回想起那天那个乞丐端着一杯水，欠着身子小心翼翼地走出地铁站的一刻，心酸至极。他的脑袋的确大得离谱，但他那双手，明明是一双巧手。

却已经失去全部意义。

也许我们在热爱生活的同时，也应该对同类抱以更多的宽容。哪怕这个人与我们大不一样，他的眼睛，也一样能看到五彩缤纷的世界，他的内心，也一样能盛放喜怒哀乐。而这些，都是生而为人的意义。

晶晶，快看，爱情！

原来我们派出所有个文员小姑娘，叫晶晶。

晶晶很可爱，娃娃脸，水汪汪的眼睛，文静又麻利。她是河北人，原先属于保安编制，后来来到文员岗位，一干就是好几年。晶晶那会儿给我的印象就是特腼腆，看见异性准脸红，一点儿都不像个在派出所上班的“老司机”。

我们那时候总逗她：“晶晶啥时候找对象啊？别回头砸咱派出所手里呀！”

她就会随手抓起桌上的什么文件捂住脸，蹬脚让我们滚。

只有我一个人发现了她的小秘密，她好像喜欢上了我们地铁站的一个司机。

司机叫阿涛，有一回我们这条地铁线区间里误闯进了乘客，正好是阿涛驾驶列车，我们便把阿涛叫到派出所做笔录。阿涛很精神，一身工作制服，戴着大檐帽，手提小皮包，脚下生风地就来了。阿涛还很健谈，一边做笔录一边跟我聊《魔兽世界》，讲他们地铁司机工作中的各种趣事。另外阿涛还是个学霸，当时我的打印机坏了，他竟然能看懂英文说明书，帮我把打印机捣鼓好了。

晶晶靠在墙角看着他，一副崇拜的表情。

当时我就通透了：哦，原来你喜欢这一款哪。

一来二去，晶晶也和阿涛认识了。两人当时是怎么熟稔的我不知道，晶晶本身也是一个超级低调的人，甭管是搞对象还是搞暧昧，都像在开展地下工作。但有一次我看见她去地铁站广场上买了紫菜包饭，偷偷摸摸地拿到站台上等阿涛驾驶的列车进站。地铁进站后，会有一个司机从驾驶室出来拉铃、开关车门，晶晶就趁这个时候把紫菜包饭递给阿涛，然后在列车重新发动之际，她就像偷吃了一大口蜂蜜一样憋着满脸的笑，小跑着溜下楼梯。

我从来没有见过那样欢脱的晶晶。看见那样的她，我瞬间都觉得自己老胳膊老腿了。

可是好景不长，我发现晶晶似乎又陷入了苦恼。有一次跟她聊天，她语气中表达出了对于今后生活的深深忧虑。她是个外地女孩儿，在北京没有依靠，工作又没有前途，想要以后有所发展，那真是难上加难。

她甚至问我："马哥，你说我要是像地铁站商亭那些人一样，也去做个小买卖，是不是能好得多？"

我说："你可拉倒吧，虽说你不是娇生惯养的，但这二十来年也细皮嫩肉地过来了，那个苦你真的受不了。"

晶晶老气横秋地皱眉。

那次我们谁都没有提起阿涛。我隐隐觉得，她这样担忧与阿涛有关。毕竟她以前一人吃饱全家不饿，而现在与阿涛的关系中，她有太多的问题需要周全。阿涛家是北京的，这对于在这座城市中一无所有的她就是压力。她要尽力缩短两人之间的距离，来获得一份安全感。

后来晶晶年底的时候歇了一次长假，回来时神神秘秘地把我拉到一边，说："马哥，我听说你能做视频，帮我做个呗。"

她的要求就是，把她这次回老家照的照片串起来，配上音乐，这样给别人欣赏时更燃，更带感。

还能给谁欣赏呢？阿涛呗。我心照不宣地笑笑，打开照片一看，嗬，全是雪景，晶晶自己站在雪地里，遗世独立般地摆着各种欢快造型，乐开了花。我敢保证她拍照时就已经有做视频的少女心想法了。

我清清嗓子："给你配首情歌吧。"

哎哟，你怎么这么磨不开呀。花开了没人掐，就蔫巴了呀！

我偷偷上网搜，女生向男生表白什么歌曲最合适？找到一首英文歌 *Need You Now*（《此刻需要你》）。嘿，学霸阿涛专用款哪，这要是再听不懂，那可就是揣着明白装糊涂了呀。三下五除二，我给拖到了音轨里。

视频很快出炉，晶晶听了这欢快旋律很满意。她还问我："这歌是什么寓意呀？"

我说："欢度新年的！"

她说："好嘞！"

这件事之后没多久我也歇假了，回来之后听说晶晶离了职，去城里找了个公司上班。当时觉得还真是不错，起码收入比我们这里高出一大截。就是不知道她和阿涛怎么样了。

后来我把那首欢快的 *Need You Now* 下载到手机里听，坐地铁时，好像又看见晶晶那个娇小的身影站在站台车头处，拎着盒紫菜包饭左顾右盼地等待列车进站。人流深处，那双晶莹的眼睛里流转着怯怯的期盼，至今让我记忆犹新。不知她等到了她的幸福没有？

再见到晶晶是半年后，她和阿涛一起来到我们派出所看望以前的同事。那时我才知道，他们已经结婚了。她还送了我一大盒甜甜圈。

嗬，真好吃！

毛线奶奶

我是民警，毛线奶奶是小摊贩，我们自然有很多接触。

其实地铁摊贩很多，有一对夫妻专门倒腾袜子，开一个小金杯汽车，城管一出现就把摆得像展销会一样的袜子扔进车里，然后锁车闪人。有一个妇女卖鸡蛋灌饼，我一去巡逻她就把围裙扔掉，跑到马路边一坐，假装思考人生。还有卖手机膜的，每回我一出现他都能在一分钟之内端着小桌子迅速撤离站口，偶尔碰上还会嘲笑我：马警官，你手机该换换啦，我连苹果 5S 的膜都懒得进啦。我还得解释：我这是（苹果）SE！

唯独这个老太太，跟扫地僧似的每回都岿然不动。

她卖的是毛线织品。自己织的，一边织一边卖。地上一块小方布，上面只有两三样成品，杯子套、小手套、小毛线帽子。

每回我跟她说“您稍微离站口远一点儿啊，别挡着乘客进出”，她都“哎哎哎”地应着，然后缓缓地收起，选择另一处佳地再次开张。

我很不看好她的发展。这站位于密集型小区边上，坐地铁的基本都是上班族，小年轻们哪儿有工夫去撅着屁股挑一个大红大绿老掉牙的杯子套哇？

日子长了，我对我们地铁站乘客的消费观念也参透了一些，不免跟老太太多聊两句：“您这东西卖得出去吗？转转型吧，回头毛线都砸手里。”

老太太瞥我一眼：“我买卖好着呢。”

手里毛线兀自飞快走针。

我说：“可是谁买这些东西呀？没有卖相啊。”

老太太抬起头，说：“小伙子，这你就不懂了，谁说我老太太卖的东西没卖相了？你放眼瞅瞅别的摆摊的人，什么袜子、手机膜，连吃的都算上，哪样能像我这东西似的，绿色无污染，纯手工制作？我一边打一边卖，这就和大饭店里的透明厨房一样，大家都看着呢！”我说：“可您卖的这些……不实用啊。”

老太太指着她那些成品如数家珍：“怎么不实用？你看看这个，来来来，你看看。”

她摆弄着一只毛线手套：“你知道地铁上的扶手多脏啊，那天天擦也是脏啊。脏也得扶哇，扶就得戴手套哇。还有这个杯子套，小年轻当然是用不着了，但很多人买来是送人哪，送父母、送领导、送同事、送老师，很多姑娘工作忙自己没工夫织或者织得不好，买个现成的说是自己织的，这礼物谁不稀罕哪？还有小娃子的帽子、脚套，你知道现在备孕或者怀孕的乘客有多多嘛，看见这些我亲手织的小孩儿东西，谁不想多看两眼？”

呃，听起来好像是那么回事儿啊。

老太太得意极了，继续说："你别看我这儿种类少，放在这里的就这么几样，但手艺摆在那里，哪个乘客让我织个别的，我也是行的呀。这不，前两天还有个姑娘跟我预订了个充电宝的套呢，还有让我织小零钱包的，让把他男朋友的名字也织上，嘿嘿。"

嗬，还有私人定制呀！

她眼里特有光彩，和我在电视上看到的某个大设计师介绍自己设计的名品时，眼睛里所焕发的光彩别无二致。

我心想姜还是老的辣，和您比起来其他摊贩简直就是小蒜头哇。

"您真是太聪明了。"我说。

但我又发现她的一个规律，一个月里有那么一两个周末她基本上是不来的。周末可是做买卖的吉时呀！

再见到她我就问，她狡黠一笑："周末有时候儿子一家带着孙子过来，我得给他们做饭。他们工作忙啊。"

我说："哈哈！我知道您为什么来这儿摆摊了，其实根本不是为了挣钱，说到底还是为了解闷！"她没言语，正巧有个顾客来问价钱。

顾客走了，我说："您可以多给小孙子织点儿东西呀。"

她说："早织了。家里都放不下了。"

过了会儿，她看着马路上匆匆而过的行人，轻轻一笑，有点儿自嘲，也有点儿哀伤：

"我这个岁数，广场舞都跳不动啦。"

在地铁里『借』钱的人

有一种恶，是吃掉你的善良，并且毫无羞耻感。

我们前两天又办了一起地铁借钱诈骗案。两夫妻，健全人，年纪轻轻，老家还有一个孩子。两人在北京不干别的，就以在地铁里“借”钱为生。

他们寻找作案目标是有套路的，被骗者一般都符合这几个特点：年轻人，独行，上班族，看起来憨厚朴素。他们认为这种乘客戒备心弱，同理心强。他们会从某个地铁站的柱子后面突然冒出来，可怜兮兮地跟对方说他们夫妻二人回老家，路上钱包被小偷摸了，两个人现在衣食无着，如果对方不施以援手，当晚他们可能就会流落街头。

他们动情急切的描述和干净俭朴的外表不会引起对方的什么怀疑，随后乘客就会问他们需要什么帮助。男的就说：“借我和我媳妇一点点路费吧，行行好。”

“多少？”

“几十块钱就够。不用加微信好友，面对面扫码转账就可以，然后我把你的微信收款码拍下来，回到老家我给你转账。”

乘客转了钱，男的就会说：“我媳妇也得买车票，再借她一点儿吧。”

女人在男人身后羞赧地点头。

尽管乘客此时已经有些不爽，但事已至此，也只能送佛送到西。

然后男的女的对乘客大声称谢，随后消失在地铁的茫茫人海中，再也没有任何音信。

还钱？不可能的。那是他们一天的生活费。他们还要为下一单奔波。

我们根据几个被骗事主的报案描述，调取地铁监控，追踪到了两个人的行迹，连续在他们经常出没的一条小街上蹲守了一个礼拜，把二人抓获。

我给男的做笔录时，他对行骗时的一些细节闪烁其词，支支吾吾，令我内心产生了极度的厌恶和抵触。然后，我终于忍不住，急了。

我说：“你少跟我这儿装糊涂，你个骗子！”

然后那男的一脸无辜地看着我，眼里闪烁着委屈的泪光，似乎我是磨刀霍霍的屠户，他是嗷嗷待宰的羔羊。那一瞬间我忽然明白，在他心里，他从未把自己行骗这件事当作一件恶事，他的道德标准低到我根本无法想象的地步。所以他委屈，他无奈，他不知道为何自己在地铁里“借”了几个陌生人的钱没有还警察就抓他。

在法律面前，他和他媳妇承认行骗，也认罪认罚，全程态度端正。只不过这种端正太让人捉摸不透了，甚至就是一种心如止水、毫无波澜的淡定从容。仿佛他们从决定行骗的那一刻起，就料想到可能会有这么一天，但这仍然改变不了他们选择这条路的决心，大不了到时候坦然面对就好。

这是怎样的一种价值观和心理素质？

所以我后来特别想知道这对夫妻真实的心理活动。两个人拥有着健全的身体和心智、完整的家庭，甚至还受过不低的教育，那么是什么强大的动机，让他们走上这条路呢？

我问他们："有没有遇到过那种不借给你们钱的人？"

"有哇。"

"都以什么理由不借？"

"各种理由。没钱的，赶时间的，或者直接说不想借的。"

"那你们知不知道，你们骗的，都是愿意帮助你们的人？"

他们双双无语。但从表情上看，他们不是理屈词穷，而是在回避这个问题，而且是职业性地回避，很事务性，也很平淡。

从事他们这一行的，如果考虑这种问题，那也做不了。

那时候我有一种无力感，我觉得虽然我用法律处置了他们，但我做的还是不够。可我到底还需要做些什么？我一无所知。跟他们聊聊，训诫，警示？他们始终认真聆听，频频点头，姿态放得极低，这让我感觉我说什么都是苍白的说教，只有形式而已。

他们这种恶，不致命，不凶狠，却杀伤性极大。

那晚我送女嫌疑人去拘留所，半路上她说担心拘留所没有卫生巾，她来例假了。因为之前我们让她把手机里的"赃款"还给了事主，所以她几乎身无分文。于是半路上，我自己掏钱给她买了两包卫生巾。回到车上我把东西给她："我也算是帮你的人之一了。"

她赶紧说：“谢谢你。”

我没有回应。我分不出这句话是出自她的真心，还是她的职业素养。

回家的旅途

我们辖区里有一座地铁站挺有意思，进站客流量早晚迥异，基本上早高峰进站者上万，出站者寥寥；晚高峰时，这些人风尘仆仆归来，同样，进站的乘客数微乎其微。

有着大时代背景下睡城的属性。

早高峰时，我会在广场上维持秩序；晚高峰时，我喜欢换上便装，从进站口走到站厅里甚至站台上，查看站内外有没有堵口揽客，或是散发广告的“小捣乱”。时间长了，“小捣乱”们摸清了我的规律，基本都在那个时间段退避三舍。但我还是愿意逆行在人群中，一边缓慢地、刻意地，甚至悠闲地走在通道里、台阶上，一边观察周围的一切。因为方向和步伐明显与周围的大批乘客格格不入，有人嫌我碍事，会微微地皱眉、侧身，我也礼貌地腾出尽可能大的空间，让他们缩短与家的距离。

估计有人会觉得，这人一定是吃饱了撑的在遛食。谁赶地铁不是掐着钟点儿三步并作两步哇？说不定几秒之差就错过一辆列车。可他们一定不知道，我进站是不坐地铁的。我可能走进站厅，走上站台，然后下来，再重新进站。周而复始，小小轮回。

对我来说，这是一个有意思的过程。

你看那对情侣，男的帮女朋友提着包，女朋友手里拎着一袋面包房傍晚打折时促销的面包干。他们笑得挺美，从他们的笑里，你可以联想到深夜里，他们两个蜷在沙发上，一边悠闲地啃面包干，一边看泡沫剧的画面。

还有那个身穿西裙的女乘客，她的嘴角有些干裂，好像说了一天的话，边走还边抬着手机在和同事抱怨着白天什么选题的事情。她说她很烦某个小领导，说的时候两个小虎牙都龇了出来，看起来有点儿凶猛。但不知对方说了什么，下一秒她忽然笑了起来，那对虎牙登时又很可爱。

有一个中年男士带着一个男孩儿步履匆匆地出站。男孩儿顶多读初中，上身穿着北京国安足球俱乐部的短袖衫。男子一路和男孩儿无话，走到闸机前，男子忽然使劲拽了一下男孩儿的脖领子，把他拎到身前另一侧。我才发现那里的地上有一片水渍。男孩儿一点儿也不像个中二[①]的小球迷，怯怯地看了男人一眼，乖乖地重新规划路线。

还有一个姑娘，出站时手机忽然刷不上机器了，以为是网络故障，使劲摇着手机，脑门上瞬间就冒出了汗。即使在出了站后，她还在重复着这个动作，用着手机一旦摔落准定碎成渣的力道。

我有点儿想笑，又怕她瞅见，赶紧看别处。

---

① 中二：网络流行语。指充满热情而冒进。

晚高峰的地铁站，像一个正在执行秘密部署的机关，所有人都行色匆匆、步履一致地往外跋涉。这支庞大的队伍迁徙过广场，又会四散开来，以各种方式继续奔赴这座城市里等待着自己亮起的那扇窗户。只有与众不同的我，依然滞留在站内外，仿佛从没进入节奏。

而略显悠闲的我最爱这个匆忙而有序的时刻。它没有因为谁踩了谁一脚带来的争执，没有因为插队吵出的闹剧，没有票务纠纷，没有火冒三丈。

我曾问过老民警，同样是着急赶路，为啥晚高峰的案子比早高峰少？

老民警笑笑："可能因为大家离家越来越近了。回家比什么都重要。"

所以我越来越喜欢夕阳西下的晚高峰。因为每个人的胸口，都装着一颗虽然焦急，但充满安详与和平的归家之心。

回家的路，胜过一切美丽的旅途。

安检机旁

有一回我在地铁站里执勤，安检员叫我过去，说在 X 光机中查到一个阿姨的背包里有可疑物。

我过去一看，发现“可疑物”应该是阿姨带的中药，只不过经过路途颠簸，药材都稀碎成粉末状了，乌糟糟的看起来确实很像一堆“不明物质”。当时天气闷热，阿姨烦躁得几乎爆炸，反复强调说自己年龄大了，带着一身伤病熬到退休，现在到中医院开点儿药回家煮着喝也不行？碍着谁的事儿啦？

我跟她解释，说是地铁站有乘车规定，不符合规定的东西不能带进站。而且我也看过医院的药方了，确信是中药无疑，她可以带进去正常乘车。但有可能是这个小插曲引燃了阿姨的情绪，她一直非常激动地跟我控诉，还说要投诉我、投诉地铁，为什么自己带包中药，还要像犯人一样接受盘查。“不让我带中药回家吃，让我擎等着死吗？”

我一直好言相劝，但后来发现她根本不是在沟通，而只是单纯地想通过这种方式发泄自己的郁闷。看得出来她在坐地铁之前情绪就很糟糕了，可能是因为病痛的折磨，也可能是因为不尽如人意的经济或者家庭因素。

她的各种不满日积月累，逐渐堆积到顶点时，倒霉的我发现了那包中药。

阿姨在我耳边喋喋不休时，站务员又在闸机口抓到了两个逃票的。我又跑到那头查看情况，发现逃票的是两个老年人，其中一个人拎着一个医院那种方方正正的塑料袋。站务员问他们为什么逃票，老头、老太太羞愧地说，他们专程从老家过来，带儿子在北医三院住院看病，身上钱实在不多了，就在只买了一张票的情况下两人一起蹭着进。说着还把手中塑料袋中的CT影像片子拿给我们看。站务员看他们实在是可怜，就帮他们补了两张票，嘱咐他们出站时一定要投票，千万别再闯闸机了。

两个老人千恩万谢，急匆匆地进站赶路了。

这边处置完，我回头一看，刚刚带中药的阿姨就在我身后站着，应该是目睹了全过程。

我问她："您还有什么事儿？"

她一改刚才的满脸哀怨，只是面无表情地看了我一眼，默默转身走了。

地铁收车后我回到所里，想起这件事，还跟同事念叨："那位阿姨肯定又觉得咱们北京地铁还挺人性化的，也就不投诉了。"

同事摇摇头："她是看到了还有比她更惨的人，还闹个什么劲？"

我说："不会吧。"

同事就给我讲了这样一件事：几年前他还是一个有些重男轻女

观念的人，媳妇生二胎之前，他们已经有一个女儿了，所以他特别希望自己家的老二是个男孩儿。就在生产那天，排在他媳妇之前的一个产妇刚生产完，医生忽然把那产妇的老公叫进了办公室。我同事就看见那产妇的老公走出医生办公室后，两眼直勾勾地盯着走廊，身子靠着墙壁慢慢瘫了下来。

我问："这是怎么回事儿？"

他说："不知道哇，我们猜是小孩儿生出来有问题，但也没人敢问。"

我问："后来呢？"

他说："后来我再也不想生男生女的事儿了，只要孩子健康，男孩儿女孩儿都好。后来就生的闺女，我高兴坏了。"

自此我明白了一个道理。其实人不必总是纠结于命运对自己有多么不公，我们要知道世界之大，很多苦难是超出我们的认知范围的，但不代表它们没有，只不过我们没有经历过，就无法理解，更无法代入自己身上。所以我们遭受挫折时，总会认为自己是那个最凄惨的人，无论怎样发泄和抱怨都天经地义。但这个时候一旦亲眼看看他人血淋淋的不幸境遇，我们就会知道，相比之下，我们还有着大把的机会和希望。

更讽刺的是，那些比我们更艰难的人，往往还一脸平和从容向前，我们还有什么资格站在原地哭哭啼啼？

突然想起一句歌词：逆着光行走，任风吹雨打。

小男孩儿火柴

原来我们地铁站外有个煎饼摊，摊主人称欢姐，她有个儿子，正在上小学的样子。

每次欢姐的摊位影响了客流，我对她进行劝离时，她总是高高地噘起嘴说："没办法，要给儿子挣学费哟。"

她儿子小名叫火柴，人如其名，身小头大，来地铁那年刚好十二岁。火柴可是欢姐的心肝，除了上学，欢姐都把他带在自己身边，逢人便吹自己儿子聪慧伶俐、善解人意。别的摊贩的孩子要么在老家念书，要么帮忙打点生意，欢姐却只给火柴找只小凳，让他坐在自己的煎饼车旁边。但凡火柴在学校里学了什么诗词、英文短句，欢姐就会让他去别的摊贩面前背诵或者侃侃而谈，她则笑容满面地站在煎饼车后，透过昏黄的灯光和氤氲的蒸汽，欣赏儿子才华横溢的轮廓。

火柴属于那种特别乖顺的孩子，眼神里从未出现过一丝杂质，即使是调皮耍坏，被欢姐冷不丁一瞪也立马变㞞。而且这个孩子给我的印象是，真的有一种难得的美德，那便是特别随遇而安，接受现状。生活再苦，空气再冷，他都能老老实实地坐在欢姐的车下，时笑时呆，从未表现出任何的不安或者烦躁。

有一回不晓得他怎么惹怒了欢姐，欢姐朝他一抬脚，脚上的拖鞋一下子飞到了火柴的脸上。“啪！”精准无误。

我都看傻了，那绝对不是一朝一夕能够练出的绝活儿。

然后我看见火柴不急不哭，只是小圆脸有点儿酱红，然后他蹲下来捡起了欢姐的拖鞋，一溜小跑到母亲足下，帮助欢姐穿好了鞋。随后他又坐在小板凳上，朝着车水马龙呵呵傻笑了。

火柴对于欢姐也有实际的用处，比如抢地盘。原来我们地铁站外有个卖煮玉米的老太太叫志云，和欢姐一样都相中了花坛边上的一小块空地。志云老太太也不是善茬，欢姐争不过，总想着找机会恶心她。比如火柴吃剩下的苹果核、剥下来的橘子皮，经欢姐的一个眼神，火柴就直接扔到志云的玉米锅旁边，甚至锅里面。后来我说过她两次，她却志得意满地说：“我跟你说，要不是看在你的面子上，我就让火柴去撒尿浇她的炉子。”

“你敢！”

“逗你呢！”

这些基本上就是我对欢姐和她儿子火柴的所有的记忆。后来关于欢姐的一些事儿，我是听站外摊贩的议论才知道的。

有一天，欢姐和火柴收摊回到住处，火柴说去外面上茅厕，就再也没有回来。

那是很普通的一天，夜空中有月亮，街上也很热闹。欢姐确认儿子消失后大惊失色，第二天准备报案时，才接到了老家的电话。

然后她才知道，是自己那个早就跟她感情破裂但一直还没有离婚的老公把火柴接走了。

这也不是重点，重点是：本来男人根本不知道欢姐母子在哪儿，是火柴早在一年前就和父亲取得了联系，并且背着欢姐时刻和父亲保持着联系，然后父子俩一直蓄谋着怎么回到老家团聚，水到渠成之后，父子俩商定了接头时间和接头地点，并且编排好了火柴的脱身借口，在那个明月高悬的夜晚，两人按照计划，很快在高速路边相聚，直接回了老家。

欢姐一直被蒙在鼓里。而且火柴为了不引起欢姐的怀疑，什么都没有带走，包括他那些心爱的玩具。他甚至没留给欢姐一个不舍的眼神。

欢姐一开始以为孩子丢了，结果老家打来电话才知道孩子已经跟他爹回去了，孩子还接了电话，亲口表示再也不想跟着她了。她经历了几天的精神恍惚，也回了老家，自此音信全无。

知道这些后我心中久久不能平息。我脑中总是闪现之前火柴那一汪清澈的眼神和总是对欢姐格外尊重甚至崇拜的表情。他们那样默契和温存，简直是世间母慈子爱的典范。然而令人始料不及的是，那些日复一日温暖的日子里，竟然潜藏着这么石破天惊的背叛，一个孩子为了逃离自己的母亲，逃离当下的生活，可以伪装得天衣无缝。

所以我认为这世上有一种比灾难更可怕的东西，便是人的自信。当我们自以为是地处世时，殊不知别人压根跟我们不在同一节奏。有的人会直言不讳，那已经算是最好的结果；若有些人为了不伤害你，甚至为了圆滑地逃避你，对你给予幸福的麻痹，在你以为你们是人生的最美风景时，其实早已到了悬崖峭壁。等到他忽然转身离开你的一瞬间，你根本始料不及。

第二种，往往出现在亲人和爱人中间。

再亲的人，也是人心隔肚皮呀。

所以，多反省，多倾听，别那么盲目自信，才能留住身边的人，尤其是那些本应一生爱着自己的人。

贴膜小哥

我们地铁站外原来有个贴膜的小伙子，跟我一般大，平时跟我打游击打多了，也算是化敌为友，经常跟我有的没的扯一些闲篇儿。

我发现这个成天蓬头垢面、风餐露宿的家伙心思竟然超级细腻。他有一个很大的行李袋，里面林林总总有好几千张手机膜，华为、苹果、OPPO 这些热门牌子下面还有不同型号的分支，再下面还分出很多不同质地的膜，什么磨砂膜、镜面膜、钢化膜、玻璃水晶膜……更别说还有很多其他品牌的手机。真是一入“膜”门深似海，我光想想就会死很多脑细胞，但他半分钟之内准能找到顾客需要的手机膜。

他还有一把小裁纸刀，一把塑料纸，一张小桌子配个小马扎，能给顾客私人定制电视或者笔记本的膜，每当顾客说出一个尺寸，他就咬着铅笔比着尺子，跟个大咖工程师一样绘制蓝图，给顾客认真作业。所以他的买卖总是很火，碾压那些简单粗暴的水果摊、早点铺。用他的话说，这好歹也是门技术活儿嘛。

一开始他总爱把小桌子堵到站外，很多乘客不乐意，我说过他几次，他就在远离站口的地方找到了一处风水宝地，成天忙得不亦乐乎。有时候我巡逻过去还能跟他聊上几句。他会跟我说他今天贴了多少张膜，商亭卖货那姑娘给他抛了几个媚眼，鲜花摊的梅梅为什么刚才臭骂老公，卖水果那个老张又把秤做了什么手脚。这些话题我俩一聊竟然能聊半小时，我说："要没有你，我都不知道我能有这么八卦。"他把手指头竖到嘴边，说："这不叫八卦，这叫江湖信息，你是警察，我都帮你盯着他们呢。"

所以我知道商亭的卖货姑娘好像对谁都有点儿意思，鲜花摊的梅梅总是嫌老公好吃懒做，卖水果的老张那秤一斤最多八两。地铁站这些人间烟火都是他带给我的，所以我喜欢跟他聊天。不像跟别的摊主聊，一上去都是"哎哟，马警官，我这就走""马警官，你来两斤""马警官，你可不知道我有多辛苦，你得照顾照顾我"。

我跟他都是直来直去："你差不多得了，晚高峰到了，别回头挡着乘客，回头人家打 110 举报你。"

"我还不想贴了呢，今儿有人请我喝酒。"

"嗬！"

有一回我车里装了部导航仪，想贴个膜实在是没有帮手，我让他试试看，结果他站在我那辆十万块钱又蹭得满是伤痕的车外面不敢进去。说："你先找几张报纸把座子垫一下，要不我给你蹭脏了。"我说："你哪儿那么多事儿！"

结果贴完膜我抓着五块钱在地铁站追了他好几圈。

还有一回他跟另一个贴膜的因为抢地盘打架，两人都受了伤，我们去他家给他做笔录，我在路上就憋着想骂他：对你够宽容的了，结果你还给我找事儿？结果到了他家，我看到他和他媳妇，以及他爹妈挤在一间满是霉味儿的出租屋里，屋里连个下脚的地方都没有，做笔录还得去楼道里时，我又骂不出来了。

那次做完笔录我还记得他特小心翼翼地问我："我以后保证不打架了，成吗？"

这么多事儿之后，我觉得我们是朋友。我们能聊天，他也挺有原则，不会因为我们相熟就为所欲为。他心思细腻，吃苦耐劳，我敢说他如果去学一门稍微高深一点儿的手艺，绝对能华丽转身。

可过了一段时间，我发现他来得不怎么勤了。再见到他，精神状态也很成问题，两眼无神，说话也是有气无力。我才知道他最近迷上了玩牌，成宿成宿地奋战，十天有八天起不来床。我说："你小心点儿，要是赌博被人举报了，你就完了！"他当时挠挠脑袋："哪有？就是朋友之间耍耍牌，不带钱的。"

偶尔他身上还有伤。那些伤真是……诡异得不好形容。比如他虎口明显被人烫过，我问，他顾左右而言他。别人偷偷告诉我，那是借钱不还债主给他的教训。我问他是吗，他差点儿把小桌子掀翻了："哪个王八蛋这么造谣？"

整个地铁站的小江湖里开始流传他的各种"破事"。迷上耍牌，有家不回，媳妇回老家，等着跟他打离婚官司。我说："你们有依据吗？"

卖水果的老张笑得有些不屑："这些摆摊的都在一个大院里租住，您说我们说的有没有依据？他还管我家借过钱嘞。"

他再来摆摊，寡言少语，整个人跟一团乌云似的缩在角落。有一次他因为买卖纠纷跟乘客吵了起来，我给他拽到警务室，说："你就跟这儿待着，晚高峰过去再出去，省得再堵着通道。"

他使劲瞪着我，声音比我高出一个八度："你厉害！"

我没言语，他继续嚷嚷："逼死人不偿命，是不是？"

我说："你再闹，小心被拘留。"

他臊眉耷眼，把小马扎打开，坐下，还是念叨着："你厉害。逼死人不偿命。"

晚高峰过去，他故意大声地收拾好自己的东西，迈腿出了警务室。我出去一看，夜色中，他把桌子、马扎和行李袋塞进了自行车棚，打了马路上一辆黑车绝尘而去。

站台上一列列车轰轰烈烈地驶走。我叹了口气，我觉得我们不是朋友了。

那也是我最后一次看见他。

听闻，他借了一万块高利贷还赌债，但最后钱滚钱一直还不上，连夜举家从租住的大院里跑了。

说实话我当时怎么那么不愿意信呢？这是那个一贯细心又踏实的他能干出来的事儿吗？不过从那以后，我就真的没再见过他。

他在哪儿？还会在某个角落里重操旧业吗？北京这么大，江湖这么多，他融得进去吗？

写到这里心情有点儿复杂。

每当走过他以前摆摊的角落，我仿佛都会看见那个满面春风、超然物外的他坐在小桌后面，仰脸冲我说一句："嘿，马警官，来贴一张呗。"

兔子、小白狗与三明治

我们地铁广场上的面包房里有两个店员，一个小姑娘，一个老阿姨。小姑娘和顺温婉，老阿姨不怒自威。

老阿姨在地铁站没朋友，对自己唯一的同事都爱搭不理。她是野路子，自己在店边上养了一只兔子。那兔子也不是善茬，不知被什么喂大的，跟受了核辐射似的肥硕无比，就这样关在笼子里还跟过往的乘客眉来眼去。有的乘客好奇，会拿出火腿肠之类的零食逗兔子，每到这时老阿姨的大脑袋就会从窗口探出来，疾言厉色地驱赶这帮没安好心的人。

她也不是一无是处，最擅长做的是三明治。每次她都能恰到好处地添加各种酱料，手起刀落，全麦面包开口怒放，她三下五除二地把鸡胸肉或者金枪鱼肉泥塞进去，然后嘴再使劲一努，跟泄愤似的填上点儿青菜叶或者红肠片，抽出油纸胡乱一包，一份卖相上极具地铁站气质的三明治便诞生了。

丑香丑香的。咬一口，你感觉那香味儿没往下走，而是逆流而上跑到脑壳里了。

小姑娘做得就不行，她有点儿技术不够艺术凑，喜欢做高颜值的作品，切个面包跟上雕塑课似的，后面排队的能被尿憋死。于是我就专等老阿姨坐堂的时候去买三明治，虽然她总是板着晚娘脸看我，但冲她的业务水平我也忍了。

但年底的一天，我跟老阿姨之间爆发了矛盾。

可能是岁末要冲业绩，面包房新开发了一种点心，各种搞促销，在店外支了一张小桌子，旁边还放了一只喇叭，玩命播放洗脑广告。更让人不堪忍受的是，广告是老阿姨录的，内容是什么买三送一不容错过，老阿姨声音低沉神神道道，循环起来像是在讲鬼故事。于是旁边有商亭不干了，报警反映说她家店外经营，要这么干他们都往外面摆！

我找老阿姨沟通。老阿姨当时正在给兔子整理笼子，嘴上答应说知道了马上收摊，结果十分钟之后桌子还没撤。二十分钟后，依旧没撤。半小时之后我去，还没撤！彼时，她还在快刀斩乱麻地给顾客装袋，然后时不时地给兔子递过去一根菜叶子。

我很生气："关店两小时，要不然我就给你们老板打电话。"

老阿姨一愣，店里的小姑娘忙出来打圆场。

我说："不行，她太过分了，买卖这么摆，大家都得绕着走，提醒了也不收，无法无天了。"

最后关了一小时的店。小姑娘一直在我这儿各种道歉，老阿姨则涨红了脸，一言不发地站在店里，盯着柜台发呆。

那只傻兔子则还在笼子里来回拱。

我也一个多礼拜没到她家去买三明治，只能将就着吃了几天隔壁商亭枕巾一样难以下咽的厚煎饼。没办法，例行公事的代价就是牺牲自己的味蕾呀！

结果有一天傍晚，我看见老阿姨满广场追着我们派出所收养的小白狗跑，手上还挥舞着半截扫帚。我赶紧喝止：“干吗呢?!”

她见我过来，使劲瞪了一眼我和小白狗，疾步回了商亭。但与此同时，我发现商亭边上的兔子笼里空空如也。我看了眼旁边一脸无辜的小白狗，心想别是把她的兔子吃了吧？但是不应该呀，那笼子成天被她锁得严丝合缝，兔子连根须都冒不出来，怎么可能被狗伤到？

为了揭开谜底，我偷偷去问了店里的小姑娘。小姑娘告诉我，兔子的确是死了，但不是被狗咬死的，而是冬天太冷，被冻死了。

“那她打我们小狗是怎么回事儿？”

“她抱着兔子去把它埋到了草丛里，第二天发现那小狗把兔子刨了出来，于是……”

我半天说不出话。晚上碰见小白狗又在广场上一脸贱样地溜达，我忍不住踢了它屁股一脚。

“活该人家揍你。”

第二天早上，我去老阿姨那儿买三明治。老阿姨见我来了，先是怔了一下，然后很快收拾好表情，面色严正地问我要什么。

我说当然是三明治呀。

她问了我口味，然后飞快地拣起各种食材，在案板上快速操作起来。我仔细看着她，发现她脸上的皱纹似乎比刚来时多了些，尽管抹了香扑扑的油，但除了亮了些、腻了些，整张面孔还是有点儿疲惫和沧桑。没了兔子的她，看起来终究有些不一样。她偶尔还会下意识地往那空笼子的方向斜一眼，然后很没趣地收回目光，继续干活儿。

三明治的香味儿出来了，阿姨郑重其事地包好，递给我，虽然满脸的事务性，也没有赘述，但还是看得出来，她这次做得很认真，连油纸都包得毫无褶皱。

咬一口，酸酸咸咸的千岛酱像一股难以名状的情绪，在喉咙里缓缓上升。菜叶子脆脆的，和全麦面包的粗纤维交织在一起，牙床子都被香麻了。

老阿姨看着我咬了第一口，然后故意转过身去，忙忙叨叨地干上了别的粗活儿。

我边吃着，边下意识地看看那只空笼子："过年再养只新兔子吧。"

"……好。"

"养一只壮一点儿的。"我嚼得很开心，也愿意多聊两句。

"嗯，养一只更肥的。"她正猫腰擦柜台，讲到此处笑了。阳光透过下面的厚玻璃照进去，她脸上油光锃亮的，像一个刚刚玩得满头大汗的小姑娘，有了什么突发奇想又寄予厚望的小期待。

"嘻嘻。"

在郊区执勤

2014年夏天，我被派往我们派出所管辖的一个车站执勤。那座公交车站在郊区，是总站，四周除了场站便是树林。因为环境简陋，我只能坐在警车里，看着窗外不那么茂盛的树木和偶尔扬起的漫天黄沙，一待就是一天。

没人过来跟我说话。我本以为这会和我在地铁站时一样，隔三岔五会有乘客来问问路聊聊闲篇儿，但可惜的是，在这里坐公共汽车的人远没有那样悠哉惬意，他们被黄土吹得蓬头垢面，抓着各色行李匆忙赶路，小孩子们也很懂事地追在后面很低调地走着，连路边的石头子都不踢。不远处是一间油油腻腻的小饭馆，每次我在那里吃午饭时，老板都把那扇抽油烟机开得震天轰响，一盘盖饭做好上桌，抽油烟机关上，我突然有种对不起整个世界的感觉，味同嚼蜡。

哦，对了，我警车附近还有一对养蜂的夫妻。本来我是有心思把他们发展成我牢固的群众基础的，但奈何他们大门不出，二门不迈，一天到晚都是蜂箱、帐篷、摊位三点一线，有时候老公还会因为生活琐事跟老婆大吵一架，眼里根本没有我。

事实是，这个地方没有一个人意识到我的存在。他们有的会在公共汽车进站的一瞬间，很自然地把手中的可乐瓶子放在我车的前机器盖子上，留给我一个奋进而欢快的上车背影；有的会拿我的车玻璃当镜子，很淡定也很专注地整理头发、拨弄领带。以至于后来我觉得，这辆警车的存在感都比我强。

过了几天，我在车里实在坐不住了。那辆车低矮、狭小，即使我把座位调到最低，整个人也和被煮了的大虾一样蜷着，半天下来浑身酸疼。因为有规定不许执勤时玩手机，我买了本书偶尔看看，看了十页就弃了，改听广播，广播里咿咿呀呀，更让人头昏脑涨。我坐立不安地挠头，心里哭诉着孤独寂寞冷。

正在无所事事的时候，我发现窗外马路牙子上忽然有什么东西看着我。我抬眼一看，竟然是一只松鼠！那只松鼠又肥又大，简直可以用来当抱枕，尾巴也带有花色，看起来品相还不错。我听说松鼠有爱管人要吃的的习惯，于是翻遍全车找到两颗开心果，扔一颗出去，它先是吓了一跳，然后很警觉地观察两秒，捧起啃了起来。

我推开车门，准备和它展开亲切而友好的交流，没想到它一见我本尊，竟然霍地掉头往树林里跑去。我赶紧拿着另一颗开心果去追，没想到深一脚浅一脚地在树林里走了半天，也没再看见那只大屁股松鼠。可能它再也不会出来了，连它也害怕我。

天色变暗，和我的心情一样，灰得漫无边际。在确认松鼠彻底消失后，我忽然抑制不住情绪，使劲踹了面前的树一脚："他妈的……"

然后我才意识到，这是今天一整天我说的第二句话。第一句话是中午小饭馆里那句：“一碗盖饭。”

我失魂落魄地从树林里走出来，还没回到车上，就看见一旁的养蜂夫妻正傻呆呆地看着我。那样子好像在看一个落荒而逃的友军。

虽然跟他们也算相邻好几天了，但仍旧只算面熟，不算认识，我尬笑两秒又赶紧收住，这才发现刚才踹树踹得胯骨有点儿疼，一瘸一拐地走向警车。

“那个……”后面那个养蜂男忽然叫我。

我回头一看，他从帐篷里搬出一把藤椅放在马路牙子上。

“看你好几天了，你以后可以坐这上面，坐车里太不舒服了。”

女人也在一边使劲点头。

我看着夜色中那把又老又旧但还挺结实的藤椅，鼻头忽然有点儿发酸。

第二天同事过来换我班时，发现我坐在蜂箱前的藤椅上和养蜂人聊天，说这个活儿不错呀，鸟语花香的，还能观摩养蜂。我说：“他们这里的蜂蜜纯天然无污染，可棒了，我买了一大罐呢。”同事在我的煽呼下，也买了一罐来尝。

后来这个岗位不断换人来值，都说那个蜂蜜棒极了。

没错，我帮他们推销出六大罐。

← PART2

魂牵梦绕烤面筋

有一阵儿我对地铁站口卖的烤面筋特别着迷。

卖烤面筋的人被大家唤作“梦姐”。梦姐是河南人，四十多岁，皮肤黝黑，面颊狭长，因为消瘦，眼窝陷得特别深，所以显得一双眸子又圆又大，有点儿像老照片中那种苦哈哈又笑吟吟的旧时劳动人民。每每她在炉子前认真“作业”时，两只眼珠就好像半突了出来，直勾勾地盯着自己手上的每一串杰作，样子不像是在烤面筋，倒像是在偷偷研发什么生化武器，专注得有点儿让人望而生畏。

但梦姐的手艺极佳。她烤的面筋量大又筋道，而且丝毫不吝惜作料。每每火候一到，就能听见每一串面筋在炉子上“嗞嗞”作响，伴着腾空而起的青烟，香气裹在其中翻滚着扑面而来。这时候梦姐不会像其他摊主一样很庸俗地揽客叫卖，而只是简单直白地念叨几声：“两块钱两块钱，两块钱一串。”潜台词便是：“这么棒的烤面筋，两块钱一串，你买到就赚到啦！”

我最初之所以被她的烤面筋吸引过去，一方面是因为那品相确实诱人，另一方面也是因为我对地铁站别的小吃有点儿刻板印象：麻辣烫那儿总是人满为患，而且汤汤水水的给人感觉有点儿脏兮兮的；那些烤大肉串子的，据说也都是用各种肉精泡出来的鲜味儿，说不定还有致癌物呢。只有梦姐的烤面筋，纯天然无污染，哪怕是齁得你喉咙发紧的酱料，都是地地道道的粮食制品。

有时候我执完勤累了，或者单位食堂晚饭不合胃口，我就会到梦姐的小车前买上几串。虽然吃起来油乎乎辣嗖嗖的，却丝毫没有罪恶感。

最初梦姐认出我，非要给我便宜，被我拒绝。那时候已经时兴扫码付费，免去了很多交钱时推推搡搡的尴尬，梦姐也就很坦然地接受了我这位穿着“官衣”的长期客户。每次我来买串，她就会特意挑出几串自认为很肥实的串给我烤，然后很热情地跟我聊天。

看我开始咧嘴咀嚼，她便问我多大，上的什么大学，有没有女朋友，结没结婚。我第一次打开梦姐的话匣子时，才知道她有一个独子，被她唤作“栓子”，在郑州上大学。每每提起栓子，梦姐的眼中都会闪烁出别样的神采，就好像她在油烟滚滚的炉子前突然看到了一轮明月，随后嘴角就会上扬出特别会心的笑。她说她家栓子是个天才，五岁时算账的水平就超过了她。那时候她让栓子去村口打醋，小卖铺的糟老头子犯坏给他缺斤少两，登时就被他指了出来。还有一次她带着栓子去街坊家玩，看见街坊家窗前摆着一只用一分钱纸币扎的菠萝，她问了好久都没学会扎的手法，栓子旁听了一会儿，到家抓了把零钱就扎了出来。

梦姐当时说到这里，嗓音都提高了一个八度，周围人不知道的都会以为她为什么事儿跟我急眼了。“马警官，你说这孩子是不是神童?!”

卖烤冷面的大爷当时在一边讪笑：“你咋又跟人说你家娃的这点儿事儿？我们听得耳朵都出茧子了。”

摊贩们趁梦姐不在时跟我闲聊说，栓子是梦姐的精神支柱。梦姐告诉所有人，栓子以后是要成大事的。那娃从小心灵手巧，智商更是高于常人。她还总是不厌其烦地说栓子从小考过多少个第一，拿过多少张奖状，最后怎样保送去的高中，又怎样在全村的敲锣打鼓中成了建村以来第一个大学生。

那阵仗，光宗耀祖，空前绝后！

“我再忍忍，等到栓子大学毕业，在大城市找了好工作，我就再也不受这份罪了。”这是梦姐一直以来的口头禅。

曾经有人觉得梦姐是在吹牛，抑或是夸大其词，梦姐竟然没有生气，反而像终于找到了什么机会似的，掏出手机，把里面很多张栓子的照片展示给大家看。照片中的栓子和梦姐长得很像，只不过多了几分贵气，细皮嫩肉的，白净得光彩照人。照片里，小伙子拎着行李在大学的入学登记处前摆着剪刀手，在运动会上流汗拼搏，在宿舍里和同学勾肩搭背。每一张照片里他都笑得自信极了，就好像另一番世界中，梦姐在横七竖八的小推车群里，面对众多摊贩伙伴兴致勃勃地谈论这个话题时一样。

“没骗你们吧！他明年就毕业了！我顶多干到今年年底！”

“还是你有福气呀！”

“我家小柱要是有你家娃一半，我就知足啦。”

梦姐在一片赞誉中强抑笑意，实在憋不住了就四处摆摆手，很不忿地“凡尔赛”[1]起来：“哪里呀，你们光看见贼吃肉，没看见贼挨打。我学费搭进去了多少？老家半套房子都没咯。”

大家又是一阵咋舌惊叹。

然而现实是，梦姐不仅干到了年底，甚至次年一整年，她也没有离开地铁站。可能是因为和自己立下的 flag[2] 出入太大，这一年梦姐低调多了，很少主动提及她那个光耀门楣的儿子。

她不提，大家也不会主动问。都忙着做买卖呢，要不是为了照顾她的情绪，谁有那工夫天天吹彩虹屁[3]呀？

不过也有例外，有一天卖卷饼的大姐不知想起什么来了，闲来无事忽然打趣梦姐：“你咋还没回老家享福呢？”梦姐甩着白眼看着她：“咋的，房租还没到日子，就多干俩月，你还轰我？”

好家伙，还老虎的屁股摸不得了。从此以后摊贩们更不敢跟她聊这事儿了，甚至私下里，还有点儿避讳着她。

有一天夏夜我值班，去梦姐的摊上买烤面筋。感觉梦姐瘦了，而且脸色怪怪的，就好像刚从什么满是扬尘的地方出来一样，以往黑乎乎的皮肤上，似乎蒙了一层灰。问她是不是不舒服，她摇头，以往那股子盯着面筋的毒辣眼神此刻也敷衍许多，只是说：“没啥，没啥，昨晚上没睡好觉。”

吃着她烤出来的面筋，我也觉得味道大不如前。不仅量少了好多，味道上也大打折扣。我还以为是我吃腻了，但那天细心观察了一下，她的买卖的确比以前差了很多，摊位前稀稀拉拉的，半小时竟没有一人光顾。

---

① 网络流行语。用低调的语言进行自我炫耀。

② 网络流行语。指说一句振奋的话，或树立一个目标。

③ 吹彩虹屁意指花式吹捧。

她这是怎么了？

过了几天，烤面筋摊上换了一个人，据说是她老公。那男人专程从老家过来，是陪梦姐在北京看病的。煎饼大姐告诉我，梦姐好像是卵巢上长了个什么瘤子，可能要切除，“大手术咧，她一个人肯定不行，这不就把老公给叫过来了”。

“您说，她儿子咋不过来呢？现在都八月了，毕业都一个多月了。”卷饼大姐贼贼地看着我，好像我这个馋虫把所有人的秘密都吃进肚子里了。

“我哪知道？”

梦姐后来又陆陆续续在地铁站出现过几次，精神依然没什么起色，而且还是以往那副神秘兮兮的做派，对自己的病情缄口不提，只说得了妇科病，正在喝中药调养。据小道消息说，梦姐正在为做手术的事儿犹豫。北京看病贵，她又没有医保，想来还是回老家治合适。

那次我看到梦姐，她正在摊前让别的摊主帮她录小视频。她让别人在自己摊子的侧边找了一个机位，拍她认真烤面筋的画面。她一边给面筋刷油一边对那人指手画脚：“哎，哎，你再往边上一点儿，这里有烟，照不清楚。尽量照我侧脸哪，我正面显脸大。”

我想打趣一句，不是显大，是显长。想想还是算了，干吗要破坏人家来之不易的好心情呢？

那人好容易交差，梦姐夺过手机一通操作，灰灰的脸上露出久违的笑，看着我说：“稍等一会儿啊，我发到抖音上，我儿子看得到。”

那一刻，我心里终于发出了和其他摊贩一样的疑问：你的儿子在哪里呢？后来我想，也许是梦姐怕儿子担心，一直在隐瞒病情吧。

之后的几个月，梦姐和她老公出摊三天打鱼两天晒网。看得出来，他们依然在求医问药，想在北京把这个病治了。

一场大雪过后，北京夜晚的气温连日都在零摄氏度左右，很多摊贩扛不住，陆陆续续选择了离开地铁站，有的另选吉地开张，有的干脆提前回了老家。梦姐和她老公就属于这些人中的一员。有摊贩告诉我，其实梦姐的肿瘤不是恶性的，即使是切除，也不用把整个卵巢切掉。所以情况似乎并没有我想的那样糟糕，也许来年，我就又能看到那个推着小三轮车，精神焕发又故作低调的梦姐了。

但是并没有，梦姐自此再也没有在我们地铁站出现过。

那一阵子我想到那个人就有些恍惚。那个看起来很精明强干，实际上打掉了牙往肚子里咽的母亲，现在身在何方呢？她还能不能再烤出那种让我唇齿留香的面筋串呢？

当然最重要的是，不知道那个她常常吹嘘的儿子，有没有陪伴在她的身边，她有没有住上儿子为她买的大房子，有没有享上她口中常常念叨的，后半辈子的福。

这些东西，都曾经支撑着她一路走来。地铁站外曾经风风雨雨，她都在人潮汹涌中坚持住了。但愿那些美好的期许都成真吧。

黑车司机老常

老常是我们地铁站外最早的那拨黑车司机之一，那时候网约车还没普及，黑车司机们经常跑到站厅里拼车揽客。老常油极了，乘客一出来他就跟老猫闻着腥味儿似的在人群中转悠，拨弄，吆喝生意。乘客散去，他又退到马路上，蛰伏，点烟，蓄势待发。

乘客们不胜其扰，我去抓他，他反应惊人，一溜烟就蹿到广场西头。带他回派出所的时候，他车还停在马路上。

我说："你把车挪一下吧，要不一会儿该贴条了。"

他说："不着急呢。"

嘿，这家伙还挺沉得住气。

在派出所里，让他接受处罚，并给他做笔录，然后他就在填写家庭成员那一栏时跟我杠上了。

我让他报妻子姓名，他说了个人，我说是你妻子吧？他说是前妻。我说前妻不行，如果你没再婚，就说父母或者亲兄弟的名也行。

他当时就不干了："她就是我妻子，你就写她！"

我一看，这还带上情绪了，那就聊聊看怎么回事儿呗。

老常告诉我，他虽然十年前和妻子离婚了，也不在一起生活了，但这么多年挣钱全是为了前妻。当年他在老家做买卖，倒腾过二手车，开过洗车行，卖过轮胎，最后赔得房子都差点儿抵押出去。老常这个人很奇怪，没有生意头脑，却有生意热情，没有什么套路，却执着无比，导致卖什么黄什么，妻子也逐渐对他失去信心。

妻子总问他，你啥时候找个稳定工作呀？

老常总是心有不甘地念叨，不着急呢。

在他第五个店铺关门大吉后，妻子给他下最后通牒：收起你那颗翻盘的心，找份正经工作，踏踏实实挣钱养家。

老常答应得好好的，有一天趁妻子不在家，又把家里仅有的一点儿存款倒腾出来，跟兄弟合伙弄了个修车铺。这次依然没能逃脱魔咒，那修车铺因为操作失误，阀门没关严，一晚上就水漫金山，设备全被淹了。

好容易被稳住的妻子那一次彻底崩溃，以死相逼要离婚，老常同意了。

老常把孩子留给她，自己来了北京。老常这回还想东山再起，可是他什么也做不了，只能弄辆二手车拉活儿。

拉活儿也不是那么简单的事儿。老常没有什么生意头脑，只能隔三岔五来地铁站碰运气。黑车司机的圈子也不好混，那帮人挥霍生命，挣五百花一千，业余不是玩牌就是喝酒，老常和他们合不来。他把挣的钱都给前妻寄过去，还要反复说自己没开买卖，是找了个正经工作呢。

老常特别想念孩子。他说自己儿子大学快毕业了，虽然上的不是啥高端学校，但成绩也是一顶一地棒。他这些年在北京不怎么回老家，回去了也不敢见孩子。前妻让他见，他也磨不开面子。所以他拜托前妻，让她告诉儿子，毕业了一定来北京找他一趟。这样面子上总比自己去灰头土脸地找好。

老常从没想过再找别人成家。他偷偷告诉我，也不是没有机会。他租的房子隔壁有个女的也是离过婚的，而且前一阵儿对他格外热络，但他没从。他说那天他裹着被子在床上坐了一宿，就想这事儿：值吗？靠谱吗？要是真就这么着了，自己来北京这么一大遭是为了什么？起早贪黑，一分钱掰成两半花，结果彻底搞没了自己原来的家？老常没敢这么做。他说自己已经有风险意识了，这个最大的赌注他不敢下。

老常虽然能挣几个钱，但他可节省了，怕自己万一哪天干不动了，出不起妻子、孩子的生活费，让妻子彻底对他死心，不跟他复婚了，甚至脑筋一活跟了别人。那是老常最害怕的，比拉活儿被抓还恐怖呢。

老常接受完处罚说完这些，天色已经很晚了。夜里冷风呼呼吹，老常打着哆嗦打开车门，连连跟我道谢。我说："没事儿，你什么时候回老家呀？"

他想了想，神采飞扬："不着急呢！今年过年没准回去，正好她爹做大寿！"

车外的我们都笑了，我说："你可加把劲哟。"

老常开上自己的车，听我这么一说兴奋极了，倒车一给油门，把我们停车场的隔离网都给撞翻了。

砰！跟放了一炮特响亮的麻雷子似的。

后来有了网约车，老常也注册了一个，隔三岔五还会来我们地铁口接人送人。我还问过他："你跟你前妻怎么样啦？"

他咧嘴憨笑："现在还挺好的。"

"复婚没？"

"没呢。"

"为啥？"

"不着急呢。"

"我们停车场的隔离网还是瘪的呢，你啥时候赔？"

"不着急呢。"

"？？？"

他反应过来后惶恐了一瞬，摇一摇满是茧子的食指，眼睛瞪得像铜铃："可别告诉领导。"

老常走了，载着一车乘客，带着满心的归属感，拖着突突冒出的幸福油烟，在大路上消失不见。

『别跟他说呀！』

我接过一个打架的警，被打一方是个男孩子，他女朋友陪着他做笔录。

男孩儿老实得像单细胞生物，多数时候都讷讷不语。陪着他的女孩儿则比较外向，眼睛亮，能张罗，主导着整个报案过程。看得出来她很心疼男孩儿，一边积极配合着我的询问，一边又不时帮男孩儿接水擦汗。男孩儿鼻孔里还堵着卫生纸，女孩儿隔一会儿就帮他换新的塞进去。过会儿又看他脸是不是肿起来了，牙床有没有出血。

弄得男孩儿都有点儿不好意思了。

后来事情解决得还算圆满，女孩儿很感谢我，非要留我一个电话或者微信号，说以后常联系。我说我们不能给事主留电话，女孩儿眼珠一转："你玩微博不？"我还没来得及编，她又抢先说道："你玩！哈哈，我看见你手机屏幕上有微博图标！"我汗颜，她则霸道地敲着自己手机屏幕："来来来，互关互关！"男孩儿半侧着脸看她，半笑半嗔，但整张脸还是幸福的。

她就成了我微博里唯一一个事主好友。

没事儿就在首页给我喂狗粮[1]。

翻翻她的过往微博，发现了她和男孩儿天花乱坠的世界。他们爱旅游，爱运动，是影迷，是吃货。他们爬过银装素裹的玉龙雪山，赏过青海漫山遍野的油菜花，去业余马拉松凑过热闹，开过特别疯狂的卡丁车。电影票、鲜花、美食，应有尽有，源源不断，总之这俩货就是我国第三产业的坚实支持者。

而且她还在不停地发。

不得不说，那个男孩儿是我工作几年中唯一一个实时掌握后续动态的事主。

没办法，女朋友一直在不懈地给他直播呀！

男孩儿升职了，两人为了庆祝去吃西餐。

男孩儿脚崴了，两人去找老中医揉。女孩儿还说舒服。我就纳闷了，她怎么知道的？

男孩儿爸妈来了北京，两人带着老两口去逛颐和园。那天北京大风，四口子戴着黑口罩在铜牛前迎风自拍，跟什么团伙把铜牛绑架了似的。

有时候我看腻了，心里还会点评一下：

摄影技术太差了，脸都是歪的。

为什么拍出来都是阴阳脸？

蛋糕都吃成渣了还照什么呀！

---

① 喂狗粮：指秀恩爱。

我当然不敢给她留言。万一他们还记得我呢，会不会勾起他们那天不好的回忆？

后来过了很久，想着她天天这么不遗余力地投喂我，出于捧场我也应该没事儿给她点个赞吧。

后来一想，还是不行——都过去两年了，她估计也忘记我是谁了。我又继续灰头土脸地潜水[1]了。

后来我发现有那么几个月，女孩儿突然不爱发微博了。虽然还有一些简单的点赞或者转发，但看得出来，也都是兴致寥寥。评论里有朋友关心她的近况，她也就一个字：忙。

“忙”这个字创造得真是妙，短而精，难让人找出什么破绽。

不过新鲜事里忽然没了她和她男朋友这条情节线，我还是挺不适应的。毕竟很多电影或者美食的一手资料我都是从他们那儿获得的。

后来发现她微博也在删。很多和男朋友一起玩的微博动态都不见了。我心想，难不成是跟男朋友黄了？后来发现有一些微博动态还在，并没有删干净。简直莫名其妙。

男孩儿已经好久好久没在她的微博动态里出现了。当然她也没有太多动态。

估计是分了。秀恩爱，死得快呀……宇宙真理。

我内心深处还是有那么一点儿遗憾的。虽然他俩只是我生活中的一点儿小插曲，但我明显已经被这插曲带了节奏，思维已经是“狗”的方式了：他们什么时候晒领证的照片？什么时候晒婚纱照？度蜜月会不会又晒一堆沙滩照？得有龙虾吧？

---

① 潜水：网络流行语。指只看帖子，不发表评论。

是不是因为两人性格不合？女孩儿那么咋呼，那么爱刷存在感，憨实的男孩儿有时会不自在吧……反正要搁我，我是挺别扭的。但这种事儿谁又说得好呢？

可惜男孩儿没有微博。要不然我一定能侦查出来。

大概又过了几个月吧，女孩儿端端正正地上传了一张婚纱照。

不算戏剧化，也没有反转。新郎不是那男孩儿。

……

我忽然想起一个细节：当年男孩儿被打做笔录的过程中，女孩儿叽叽喳喳地各种补充和帮腔。我有点儿烦，就说让她先在门口等会儿。女孩儿出门后不久我出去打印笔录，推开门发现她正在不远处的角落里抹眼泪。看到我，她又赶紧揉干眼睛，反复提醒我："别跟他说呀！"

现在婚纱照里的女孩儿，容貌并没有什么变化，眼睛依然那样有神，嘴角微翘，仿佛看见了什么好吃的。但我总觉得她在跟我说：

"别跟他说呀！"

老实说，我有点儿心碎。

类似爱情的蛋糕房

我们地铁站外最早的面包房是一个由铁板搭成的活动房，里面只卖三样点心：老婆饼、蛋挞和虎皮蛋糕。

面包房离我们派出所很近，所以我知道卖点心的姑娘长得很漂亮。时隔许久，我只记得她名字里有一个“红”字。

小红是南方人，总是高耸着一个马尾辫，戴着洁白的套袖，一会儿消失在柜台后面开小差，一会儿又忽然冒出来揽生意。她经常拿着一把铲子，轻轻把三种点心铲到玻璃罩子里，有点儿强迫症似的把它们一一列齐。三种点心被她码得缤纷至极，然后她就稳坐江山似的等着吃货上门。

小红的漂亮吸引过很多人，除了经常帮她送货的小飞，还有周围的摊贩和路过的乘客。但小红性子辣嘴巴毒，经常跟人起争执。有一回她跟一个顾客闹了纠纷，我出警一问，才知道是小红闹了乌龙，顾客要红豆馅的她拿成了糯米馅的，顾客咬了一口让她换，她说先让顾客把咬残了的饼交回来，顾客是个小伙子，半开玩笑地说："反正我也咬了，这块就送我呗。"

小红凤眼一白："我拿回家喂狗去。"

小伙子心灵被暴击，和小红吵得不可开交。

我劝小红："做买卖和气生财，你这么心直口快，生意能好才怪。"

给她送货的小飞就在旁边嘿嘿笑。小飞是个虎头虎脑的大男孩儿，每天按照老板指示给小红送货。小飞每天下午骑着电动三轮来，歪歪扭扭地把车停好，就搬着好几箱子点心进去帮小红忙前忙后。按说小飞的职责至多是帮小红卸货，可他每次都要在小红店里耽搁半个多小时，帮她扫瓜子皮、擦电子秤、切虎皮蛋糕。虎皮蛋糕切之前像只成了精的大胖蚕，小飞手起刀落，香飘满屋。小红这时候一般都是坐在角落里看韩剧，对着屏幕里的欧巴[①]各种犯花痴。

据说小红之所以对地铁站附近的"臭男人"不感兴趣，是因为她坚信自己能遇到一个超凡脱俗的高颜值欧巴，而且她觉得自己的美貌绝对担得起这份艳遇。

所以隔壁卖鸭脖的胖妹劝小飞："你省省吧，人家姑娘是看不上你的。"小飞就一如既往地嘿嘿傻笑。后来我才知道他每在小红这里耽搁一分钟，都要在去下家送货的路上补回来。

有时候我趁着午后没事儿去小红店里买零食，经常看到这样一幅景象：小飞满头大汗地在生意寥寥的柜台前忙活，小红则坐在后面的小圆凳上托着腮看剧，不时还发出咯咯的笑声。午后阳光又艳又暖，照得这里像个夫妻店。

---

① 欧巴：韩语"哥哥"的音译词。

正所谓庙小妖风大，几天后面包房就出了事。那天接到群众报警，说面包房发生了流血事件！当时我头发都竖起来了，和同事跑到面包房一看，小飞和一个男顾客身上有血，小红在角落里吓得两眼散光。好在局面不难控制，疗伤止血后，我们给他们做了笔录。然后我才知道了这段令人哭笑不得的经过。

原来还是因为退换货的事儿。一位顾客买了蛋糕说不新鲜，让退，小红说是新做出来的，两人吵吵两句，顾客就要冲进柜台跟小红进一步理论，在一旁切蛋糕的小飞以为对方要打人，正好手里握着刀，就舞着说："你别过来！"奈何太过紧张，不知怎么倒把自己的虎口拉了个大口子。

我从来没碰见过这么荒诞的自卫行为。

好在小飞伤不重，缝了几针。错本在他，幸亏伤的是自己，不然事儿就大了。做笔录时我偷偷问他："你真的特喜欢面包房那姑娘啊？"

他还是嘿嘿一笑。

"你追她呀。"

"我想先在老家买处房子。"

"嗯。"

"然后我想再自己加盟一个面包房，像我们老板那样。"

"靠谱。"

"也不一定卖蛋糕，卖卖炸鸡也行，小红喜欢吃炸鸡。"

看得出，他一定是对未来思虑过很久，现在终于有机会能和人分享。他贡献出了一系列兴奋、期待、欢脱的表情包，好像自己不是受了伤而是中了奖。

笔录做完，小红推门进来看小飞。小红看他，他眼神一躲。小红赶紧看别处，小飞眼睛又在小红脸上拔不下来。

最后小红说：“你请假歇几天吧。”

几天后我们给这起案件扫尾，又去了一趟小飞的出租屋。至今我印象深刻地记得那是离我们地铁站特远、连导航都找不到的一片自然村。村里道路泥泞，小飞租住在一栋自建楼房里，进屋就是床，屋里有一面很大的窗户，却收不进多少阳光。我看小飞伤也好得差不多了，问他和小红怎么样了，他说：“最近没联系呢。”

我说：“为什么呀？因为最近没上班？”

“我们老板知道了我这事儿，把我开了。”

“……那你有什么打算？”

“正好趁着没工作，先回趟老家帮着收收粮食吧。您先别告诉小红。”

后来一段时间我果然没再见过小飞。小红倒是还在面包房里倒腾蛋糕。给小红送货的换成了一个戴眼镜的小伙子，每天下午把货往小红店门口一码，自己吹着口哨又启了程。小红每次都要匆忙摘掉耳机放下手机，形单影只地到门口运货。

有时候下午我过去买个点心吃，还问过她最近见没见过小飞。小红看了看我，半天才说：“他说他老家有事，得回去一阵子。”

语毕，小红赶快低头去收拾点心。

我不相信这个谎言能瞒住小红这么聪明的人。

春去秋来，后来那个早期的面包房连同隔壁的鸭脖店在一个温暖的午后被拆除了，取而代之的是连烘焙带销售一体的蛋糕屋。里面的蛋糕花花绿绿种类丰富，店员也一水儿换新，小红不知所终。但每次经过那里，我好像都能看见小飞站在单薄的柜台前认真地擦擦抹抹，小红缩在角落里懒洋洋地偷闲。不知道如果那天没有发生那样的事儿，他们会不会把那一瞬间过成一辈子。

那天在网易云音乐上听歌，我发现孙俪唱的《忘不掉》特别好听。

胡笛箫声起，山河岁月催人老，一腔深情无以报。

单曲循环，点进评论区，发现里面有一条写得特别动情：

“沈星移走后多年，周莹每次在戏台上听《游西湖》里的李慧娘，还是会失神，周莹哭了，她终于明白，这世上，再也不会有第二个像沈星移那么奋不顾身爱着自己的人。”

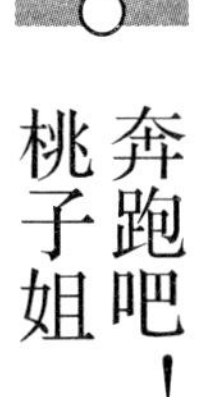

奔跑吧！桃子姐

从今年夏天开始，我发现我们派出所辖区的某个地铁站的某个角落，出现了一位卖水果的大姐。大姐很瘦溜，总是穿着小裙子，掬着一捧瓜子来回乱嗑，两只眼睛噌噌放光，应了《我爱我家》里宋丹丹的那句话：“整个一孙悟空他二姨儿！”

我觉得这个大姐具有让我头疼的潜质，于是我注意观察了她。因为她卖的水果里最多的是油桃，所以我叫她桃子姐。

桃子姐没让我失望，她成功地刷出了我的第一波头疼。

第一次和桃子姐“业务接触”，不是因为她占道摆台涉嫌违法，而是因为她总是影响地铁站外的卫生。

桃子姐摆摊和别人不一样，别人都吆喝，都揽客。比如贴膜的都叫唤：“哎呀，新上的幻彩水晶膜，美女要不要？”烙馅饼的都拿着铲子冲着出站乘客指炉子：“刚出锅的，还烫手呢！”桃子姐站在他们中间超然物外，左手捧瓜子，右手拣瓜子，一张嘴跟订书器似的刚劲有力，不大会儿工夫就一地瓜子皮。

我出现在她面前时她正在抠牙。我不言她不语，我俩对视着，她边抠边看我，一脸无辜。

“你瞅瞅你给地上弄的！扫干净！”

桃子姐领命，赶紧去存车处借扫把。过会儿一出门，桃子姐正歪着脑袋削菠萝。

你们见过有人削菠萝眼睛还不看菠萝的吗？桃子姐就是这样，跟犯花痴似的眼睛盯着出站的乘客，手里功夫还不停。一般人可没这把式。又是一地绚烂的菠萝皮。

我被她的专注打动了，站在她身边往她注视的方向看去：“你看什么呢？”

“大姑娘们穿的衣服真漂亮啊。”

“把地上菠萝皮扫了！”

“哎。”

没多一会儿再看她，正帮卖莲蓬的老罗掰莲子。莲蓬壳子又是一地。这回我骂了老罗一通，我说：“你给我盯着点儿她，要是她老是弄得一地狼藉，你俩就都别卖了。”

老罗和卖馅饼的老张都算老实人，原先都是各自为阵，自从桃子姐来了，我发现这几个人有结党营私的趋势。那天我偷偷看到他们三个大声议论什么，全是一脸“狡诈”。凑过去一听才知道，是老张家里婆媳不睦，桃子姐给他支着呢。于是路过的乘客都汗颜地听着一个大老娘们儿和两个大胖老爷们儿欢脱地讨论家务大法，面前的水果筐、烙饼炉子、莲蓬摊子无人打理，地上全是瓜子皮。桃子姐和俩男人歪七扭八地坐在地上，真是有煞我们地铁站高贵冷艳的快节奏风景。

我正好去清理整治："真是服了你们。不挣钱，改聚众聊天了？想歇着跟我来警务室吧。"

到了警务室，桃子姐东看西看，让她坐下，她挺不好意思。我抛出了一个思忖很久的问题："你来地铁站外面摆摊，难道不着急挣钱吗？天天不是吃就是玩，搞什么飞机？"

她"嘻嘻"地玩衣服下摆，跟出老千被揭发似的，红着脸不言语。

一会儿老罗和老张先收摊走了，桃子姐才跟我说："我和老罗他们不一样。老罗的莲蓬是自己从河北进的，我的是给我老板卖的，一天给我二百块钱。只要两筐水果卖完，我的任务就完成啦，所以干吗搞得那么累。"

"我说你怎么不着急，人家老罗卖完了还要赶紧回家去拿货接着卖，你倒好，拉着人家东聊西侃的，这不是耽误人家做买卖吗？"

桃子姐又是一副泄露天机的神秘架势："你不知道，老罗有糖尿病，腿肿得那么粗，我让他战线拉长一些，少跑两趟对他绝对有好处！他再这么来回跑，没两年准下不来床！"

"你没想过自己上货自己卖？"

"我才不把自己搞那么累。挣多少算多？再说我来地铁站卖东西主要是帮我老公，他卖服装，我帮他来搜集一下今年的服饰流行款，这站年轻人多呀。"

看着桃子姐在白炽灯下使劲伸懒腰，我忽然也觉得特别放松。

"马警官，你放宽心啦，哎——！"

"我怎么不宽心！"

"你看你皱着个眉头。我们老家有个说法，年轻时候皱眉头，年老了折拐棍哪！天天开开心心的多好！"

我真是拿她没办法。把她送出门，看着她在光滑的站厅里快步前行。那副欢快劲，一看就是瓜子瘾又犯了。

忽然桃子姐身子往后一倾，扑通一下摔了个大屁股蹲儿！

我赶紧过去帮她，没想到还没下手扶呢，就听她自己先大笑起来。

“哈哈哈哈哈哈！”

我无语地看着她，也不管了，在一边看她歪歪扭扭地站起来。她拍拍屁股，继续快马加鞭地往外走。

看着她那背影，我忽然想起一句话：“人生行乐耳，须富贵何时？”

我有点儿崇拜她。

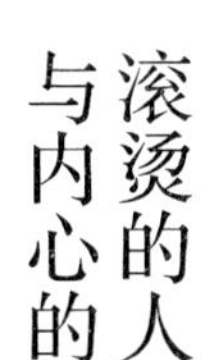

滚烫的人生与内心的火焰

小姐姐薇薇来到我们派出所时，形象有点儿过于洒脱。她前额的头发散着一缕，像是苞米吐出的毛绒须子，嘴上的唇彩也劈了叉，红彤彤地几乎蹭到耳朵根去。

她见我的第一句话就是：“警察叔叔，我被人打了！”

跟薇薇一起来派出所的，是一位和她年龄相仿的姑娘。那个姑娘不似薇薇衣着光鲜，皮肤也比她暗一个度，看上去有些忧郁。在薇薇跟我大肆描述自己是如何被这位姑娘殴打恐吓的时候，那姑娘只是很不服气地在旁边盯着她，实在听不下去了，试图插上一句半句的辩解，很快又被薇薇猛然抬高的嗓门压了下去。

十分钟之后，我终于弄清了两位姑娘在车厢里的“战争”。其实一句话就能描述清楚，她们因为车挤有了一些摩擦，随后一言不合开始对骂，随后辱骂变成了推搡，推搡又成了拳打脚踢。最后薇薇报警，来到我们派出所诉说冤屈。

可以看出薇薇平日里是个精致姑娘。她皮肤雪白，两只眼睛生得平整又圆润，就像是沙滩上被孩童们认真摆放的鹅卵石；鼻梁挺而不耸，鼻头窄而不尖，有江南女子的婉约，又不失北方姑娘的大气；即便是那张唇彩花掉的嘴，在她擦拭干净后也显现出了俊俏的轮廓。这一张本就有些夺目的脸庞，加上一身很日系的衣裙穿搭，她整个人就像从漫画里走出来的一样，干净，有型，热爱生活。

我之所以能够这样细致地观察她，是因为我几乎已经被她“霸占”了。她用二十分钟的时间跟我反复叙述那短短十几秒的案发经过，并且反复问我能不能赶紧把对方法办，因为那个女的“太过分啦，不仅不遵守公序良俗，还出手打人。这种人如果不去拘留所里蹲几天，那以后保证是社会上的不安定分子”。

我走出做笔录的屋子，问另一个姑娘：“她说的是真的吗？”

那姑娘本来呆坐着，见我这样询问，连忙站起来，指指自己裤子上的几块灰尘，很不忿地说：“都是她踢的！”

明白了，互殴。我返回屋子，问薇薇她是不是也殴打了对方，薇薇的眉头皱起来了，像是我提了一个很小儿科的问题。

“那肯定啊，我要正当防卫呀。”

“不是你说是正当防卫就是正当防卫的。”

“怎么不是？”

“正当防卫的前提是对方危及你的生命安全。”

“她就是威胁到了我的生命安全。”

解释不通，这很正常。凭我的经验，在地铁里打架的人都没有深仇大恨，别看歇斯底里，其实都是一时之气。薇薇也是如此，她现在显然还没有“下头”，这从她喝水时颤抖不止的手腕就能窥见一斑。如果我现在告诉她走法律程序她也会面临同样的处罚的话，她一定会抓着我肩膀进行灵魂拷问。

我让她静候休息，走出屋子，把另一位姑娘带到了一旁，问她对这件事有什么看法，想要怎么解决。

女子反问："她想怎么解决？"

"我问你呢。"

"她那种人，肯定不依不饶。您别看她说得那样委屈，骂人的时候骂得可难听了，踢我的时候也力气大着呢。"

"这么说吧，你们要是能和解，我们就不走法律程序；如果要走法律程序，你们两人按'殴打他人'都得被处理，行政罚款或者拘留。"

"那我肯定不想走法律程序哇，我想和解。"姑娘说着，却又摇了摇头，"但她不会同意的。"

我想了想，问她："你知道打人不对吗？"

"她也打我了……"

"说你自己的问题。"

"知道，我错了。"

听到这话，我走回了房间。成为地铁民警以来，这种纠纷我经常处理，我的宗旨是，只要双方没有造成恶劣影响，就尽量化解这种因为一时冲动引起的民间纠纷。毕竟大家都是年轻人，在北京摸爬滚打不容易，如果因这种小事被拘留，那丢了工作不说，说不定还会影响以后的发展。而且我相信，只要给他们一次认识到错误的机会，他们就不会重蹈覆辙。

我重新坐在薇薇面前。

她很关切地问我："什么时候拘留那个女的？"

我说："如果她被拘留，你也躲不过法律处理，轻则行政警告或者罚款，重则也是拘留，这要看你们各自的伤情，以及监控录像里你们动手的情节。”

果不其然，她几乎要原地爆炸了：“怎么可以这样？她没有素质，她先踩了我的脚，她动手打人，我只是出于防卫还了手，也算违法？”

我解释了几句，但她丝毫听不进去，然后就开始哭。

我并不为所动，而是重新给她倒了杯水，然后静静看着她水漫金山。不多会儿，她眼泪流得差不多了，一边哼哼着大喘气，一边抽了无数张纸巾擦眼泪。

我把水推给她，她放下最后一个纸团，沙哑着嗓子说了一声“谢谢”，却没有端起杯子。我说：“你今天坐地铁是去上班吗？”

她点点头，说自己在某家公司做广告设计。

我说：“怪不得，你整个人看上去就挺有艺术气息的。看你刚才在笔录上的签字，最起码练过硬笔书法。”

她半笑不笑地说：“您别逗我了。”

我说：“真的，聊聊呗，反正对方还在做笔录。”

众所周知，我喜欢和事主聊天。人都有很奇怪的一面，在遇到现实中的某种冲击后，会很愿意袒露心扉，尤其是面对她觉得能够帮到她的人时。

她情绪似乎好了一些，瞧了一眼自己笔录上的签名，很有灵性地说道：“嘿，硬笔书法我还真没练过，我是学画画出身的。”

她告诉我，从小学开始，她就是学校里重点培养的美术特长生。那会儿美术课堂上老师点评学生作品，轮到她的作业时，老师总会先皱着眉头打量好久，然后丢出一句：“啊，刘薇薇这幅素描作品哪，画得不错，回头光影的交界处再细腻一点儿就更好啦。”

说到此时，薇薇蓦然笑了："你知道吗，我们那个老师，每次都这么评价我的画，因为他根本挑不出任何毛病。"

上了中学之后的她出落得亭亭玉立，隔三岔五再背上一副画夹子在花前树下挥毫作画，更是引得无数男生为之倾倒。但薇薇着重强调，自己的父母都是当地教育系统的工作者，管她极严，她根本没有早恋的机会。

真正谈恋爱还是在大学时，她接受了一个男孩儿的追求。

薇薇知道自己长得好看，但她很警惕男友爱她的初衷。如果对方只是爱她的脸，会让她很没有安全感。于是她问男友："你喜欢我什么？"男友答："喜欢你的文艺范儿，还有平时说话大气不敢出的腼腆样子。"薇薇很满意这个回答，美人总会迟暮，灵魂却不会老去。

看她两眼放光，我小心翼翼："那你们现在还在一起吗？"

"在呢。他是我的初恋，我们现在都在北京。"

我心绪一松，替她高兴的同时，也终于找到了一个可以平复她心情的切入口。

我说："很浪漫哪。"

那一瞬间她好像忘掉了眼前的烦恼，忽然左顾右盼地羞赧起来。她告诉我，现在的同事们知道她只谈过一个男朋友后，一开始都觉得很不可思议。但是很快地大家又不无恭维地得出了一个结论：这也正常，毕竟搞艺术的人都闷骚，闷到深处自然痴，认准一位就是一辈子。

我也笑了，看看时间，决定适当把话题稍微拉回来一些："那你把今天的遭遇告诉你男朋友了吗？"

她笑容渐失，然后摇了摇头。

我试探着问："为什么呢？你说你受了欺负，不找他诉一下苦吗？或者，不让他来帮着你处理一下吗？”

她陷入了沉默。

就在我准备起身离开时，她终于再次开口了。我看见她缓缓站了起来，眼睛里又有泪水打转：“警官，您知道吗，其实我之所以这么恨那个女的，不是因为她打了我，而是她让我当着车厢里那么多乘客歇斯底里，尖叫，骂人，乱踹，我从来没想过自己有朝一日会像疯婆子似的发脾气。从小到大都没有过。”

她说到这里，抹了一把眼泪：“你们能不能别调监控录像了？我都怕看见自己当时那个样子。我觉得那不是我。”

我沉默了。其实这也是我遇到的很多事主的心声。很多人在面对从未有过的紧张局面时，会陷入一个只被肾上腺素支配的当下，释放出平时日积月累的怨气和压力，形成攻击。事情过后，多数人不愿面对自己当时的失控状态，只能不断给自己寻找客观理由，试图把自己的失控合理化。

但越是狡辩，我们也许就越会陷入新的惶恐：这真的是我吗？哪怕有一千一万个理由撑着我，我也不想有下一次。

于是我说：“其实不是对方把你变成了那副样子，而是你自己没有控制好情绪。我也相信你原本不是那样的人，但是事情一旦出了，就不要代入平时的自己，要专注地想想刚才的那一刻，自己到底出了什么问题。”

她还真就很走心地想了想，随后自嘲地摇摇头：“谁不愿意给这种糟心事找一个借口呢？”

我笑了：“你也知道是借口。”

她做了一个尴尬的表情，像是被老师戳破小心思的孩子，狡黠地说：“好嘛，我知错啦。”

我重新坐下："现在想好怎么解决了吗？"

她点点头："想好了，您帮我问问对方，能不能互相道个歉，这事儿就算过去了。毕竟我也有不对的地方。"

"当然可以。"

半小时之后，薇薇和另一位姑娘互相达成了谅解。临出门，她边整理头发边跟我反复道谢。我说："其实你也不用太上心，咱们很多人，都会一时冲动，尤其是从来没有过这种经历的人，第一次总会难以自控。不幸中的万幸是没有引发别的恶劣后果，否则就真的后悔也来不及啦。"

她莞尔一笑："好。"

此时她的手机响起，她匆忙接起，一通解释："啊，没事儿啦，刚刚坐地铁，东西丢了，来派出所做个登记，我半小时后就到！"

也许在每段人生中都会遇到一些出其不意的遭遇，但我们在困境中做出抉择时，最需要抗衡和博弈的对手首先是我们自己。看薇薇小跑着消失在刺眼的阳光下，我真心希望她能够拾回曾经的从容，更希望她能够真正地和自己相识。享受滚烫的人生的同时，也能掌控自己内心的火焰。

共勉。

特别『事儿』的老魏

老魏是我遇到的岁数最大的站务员。

我刚到地铁派出所那会儿，站台上有个打架的，警长叫下来一个站务员做笔录。那是我头一次看见老魏，发现此人一副退伍兵的高壮身材，大脸盘上还配着点儿高原红，戴着大檐帽，穿着呢子制服，站井盖上就一爆款军旅手办。

后来我就经常看见老魏。那会儿地铁早高峰时我执勤，总能看见老魏高高大大的身影鹤立鸡群，拎着个大水杯去维持秩序。老魏少言寡语，工作极度认真。那时候早高峰八点限流，有一个临时入口需要关闭，但关闭时总有不死心的乘客钻着门缝往里冲。老魏负责那个口，每次关门关得地动山摇。有一回他急了，隔着老远我就听见他跟乘客嚷嚷："磕着你怎么办哪？有钻的工夫你都从正门口进去了！"乘客是个年轻人，嘴不饶人地跟他戗几句，老魏竟然跟不上话，头一别脸一甩，还是让乘客进去了。

然后我看见老魏噘嘴耸肩，朝一个没人的角落使劲：“哼！”

时间长了，我发现老魏在地铁站的风评也很微妙。有人觉得他耿直不阿低调老实，又有人觉得他特别“事儿”。跟一个小站务员聊天，我问：“为什么呀？”小站务员狡猾一笑，说：“你既然跟他对班，那算是得着啦。”

后来再跟老魏打交道，是站口有个老大爷喝多了在站口摔倒，我去出警。老大爷据说是个酒腻子，没事儿就出去喝，喝高了就到处栽跟头，晕乎一会儿然后爬起来接着找地方喝。这边老大爷爬起来已经元气满满，那边老魏同志早就拨打了120。老爷子抬屁股要走，老魏说：“您别走哇！给您叫了120了！”老爷子莫名其妙：“给我叫120干吗？”两人正交涉着，急救车歪歪扭扭地开进站前广场，要把老爷子拉走。

老爷子不走。120司机大叔气坏了，叫我：“警察！您说说咋办？”

那天费了老鼻子劲才把人家急救车哄走。

还有一次是晚上，老魏呼叫：“公安人员请到站台！”我赶快冲上去，发现站台上老魏带着一干小弟围着一个小伙子。我以为是他抓了个贼或者精神病患者，赶紧问怎么回事儿。老魏把我扯到一边咬耳朵，跟汇报军情似的：“他要穿轮滑鞋坐地铁！”

我有点儿蒙：“……不行？”

“多危险哪！”

我去和小伙子商量，小伙子振振有词：“我就脚上一双轮滑鞋，没别的鞋，总不能让我光脚上车吧？”

“你看看，现在还没安屏蔽门，你等车时万一脚一出溜，掉铁轨里怎么办？高压电哪！”老魏跑到站台中央给他认真演示。

没办法，最后车来了，我让轮滑小伙子把步子迈起来，我和另外一个站务员扶着他往车上走，像伺候一个十月怀胎的孕妇。

小伙子生无可恋："服了。"

后来我就觉得，魏大师真是名不虚传。老魏的类似事迹多如牛毛。有时候一点儿小事儿也给整得惊天动地，和他对一宿班就跟闯关似的，还没有吃金币的快感。那阵儿我动不动就说："老魏老魏，让人崩溃。"

后来我有一阵儿被调去分局别的部门学习，一走就是好几个月。回来后，连着好几个礼拜也没看到老魏，当时还觉得挺消停，时间一长我就去问了，得到的答复是：老魏退休了。

退休了好！退休了好哇！我和站务员哥们儿一脸"都懂"的表情。

不知不觉就是五六年过去了。那么长时间以来，我再也没看到过老魏，也没听到过他的任何消息。即使是在站厅里和站务员们聊天，也从没谈起过这个人。好像老魏也像很多乘客一样，只在这站台上等过一次车，就再也没有来过这座车站。

前两天我们领导在站厅打电话，旁边正好有个站务员，看见领导手机上还存着老魏电话，念叨了句：

"你还存着他电话呀？"

"啊？一直就没删，好几年了，怎么啦？"

"人都没了一年啦！"

领导回来跟我说，我震惊了一会儿，发微信问了那个站务员哥们儿。哥们儿说只知道是病故，别的不太清楚，毕竟他们也好久不联系了。

哥们儿一会儿又补上一句："嗐，以前他身体就不太好。"

那晚我一直在思考问题，刚开始想，老魏没得也太快了，他才多大？后来掰手指头算算，也六十出头了——六十多也不算多老哇。后来一想，我刚遇见他时，他才五十五六，勉强还算是中年人呢。就在他于站台上和乘客“较劲”的时候，时间这个家伙已经唰唰唰地乘虚而入，跟切黄瓜似的把他的余生切得所剩无几了。所以岁月的残忍就在于它不仅来势汹汹，它还瞒着你，不让你有任何防备。老魏就是一个典型的例子，这才退休几年，正要享福呢，人就没了。

写到这里，有点儿心酸。

看看周围，冬日暖阳，很平凡的一天。站厅里人真多。乘客们可能不知道，搁几年前这里还有一位站务员老师傅为了各位的安全“颐指气使”“锱铢必较”。他也曾在这和煦阳光的照耀下，很孩子气地自我感觉良好，或者很不忿地生一会儿小闷气。

在平凡岗位中默默无闻的人，只有在你脱离了那个氛围后，回想起来才会忽然上头地觉得这个人了不起。

这篇文章写完后，有读者朋友这样给我留言：“也许有些人的某些观念落后于时代，但他们依旧恪守自己的准则。我倒是宁可希望社会上这样较真的人多一些，哪怕麻烦些也无所谓。希望我的孩子能够生活在一个会有人认真地和他说‘踩轮滑鞋坐车不安全’的世界里。”

酗酒的大爷

有一年冬天晚上我执勤，碰见一老大爷在地铁站台上打电话骂街。

老大爷应该是北京的，京骂特别猛烈，我赶忙移步过去，怕他万一情绪激动跳了站台。

大爷看起来得六七十了，但体态挺健硕，面色潮红，应该是喝了不少酒，跟电话那头激烈地争辩。我依稀听了听，跟他打电话的应该是他女儿，正在劝他什么，他却让对方少管闲事，然后还找了一堆女儿、女婿身上的臭毛病，以及家里的一堆烂事讲，说到激动处还使劲跺脚，周围乘客都有点儿发怵地看着他。

大爷一通乱喷之后有点儿疲惫，加上酒劲不退，晕晕乎乎跟走梅花桩似的找长椅，我赶紧上前扶一把。

大爷一看有人过来服侍，也不客气，把手臂搭在我胳膊上，又冲电话里说："行啦，你甭管我了！我这儿边上有人管我！别跟我这儿叽叽歪歪了。"

然后他特强势地把电话杵给我："你跟她说！"

我拿过电话，跟对面的女士说了自己是民警，女士说自己是他闺女，问是不是他喝多了。我说："是呀，你过来接一趟吧，老爷子这样恐怕没法坐地铁回家。"女士却说自己和老公在外地呢，还说让我看着他上地铁就行，他总是这样。

我好像听出点儿什么，还是试探地问了问："家里其他人能过来一趟吗？"

女儿沉默了一会儿："没事儿，甭管他，我妈走后他天天这样。"

她又跟我简单说了两句，大概就是她爹年轻时候就是酒腻子，结婚后有她妈管着戒了酒，结果她妈一走，老爷子没了约束，恶习又回来了，天天就是喝。她和老公管过几回，老爷子干脆玩失踪，有时候还跑到外地去喝，一关机就一礼拜，弄得她也特别没辙。不过好在他喝多了也不闹，就是找个地方睡一觉，顶多是不接电话，她就是担心他遇到坏人，所以没事儿就打电话问问情况。

我说："哦。"

心想也确实够这闺女受的。

老爷子这会儿还调皮呢，拽着我袖子，跟我咬耳朵说："小伙子，我闺女是娱乐公司的，你可以跟她套套近乎，让她签你……签你出道，你就火啦！"然后他又不知从哪儿变出一根笔，非要把他闺女电话写我手背上，腻歪极了。

挂了电话我跟大爷聊了聊，虽然是胡问乱答，但多少也能散散他的酒气，这样他上车我也放心一些。我问他："您平时都去找谁喝酒哇？"他嘟着嘴说："你管呢。"我说："不是熟人您可别瞎去，回头给您卖了，您还帮人家点钱呢。”他说：“去去去，我吃的盐比你吃的米都多。”

站台上特别冷，我没老爷子穿得多，冻得牙齿打战：“行行行，您随意吧。”

后来沉默了一会儿，地铁站台上一阵冷风吹过，大喇叭响了两声广播，周围忽然沉寂下来，大爷酒气轻了些，正好此时闺女又给他来了个电话，他们父女俩聊了聊。

“你还不知道我！我喝酒就是找一找当年的感觉。没结婚时我天天这么喝。”

“现在没你妈管着我，多爽啊。”

“哼哼，那时候把我管得一愣一愣的。”

“现在多爽啊我！”

他说到这句时忽然喉咙里一阵倒腾，我以为他要吐，后来发现他是要哭。他仿佛也怕在我面前丢人，扭脸冲着外面捂着电话小声说了两句，吸吸鼻子，还使劲眨巴了两下眼睛，跟被烟熏了似的不得劲。

电话那头似乎也没了声音。他一个人坐着出了半天神。周围乘客甚少，他就默默盯着空气，空气中什么也没有，但他就是回不来神。他鱼尾纹特别深，头发也多是银白，好像是岁月化作的一个形象，忽然出现在了人间。

然后他起身准备坐车。

我在他后面：“您走啦？”

“嗯！你甭管了，我没事儿了！”他使劲竖竖衣服领子，挺直腰板，面冲轨道一丝不苟。他这句话掷地有声，特别释然。

绝望之后多是释然。想必思念到极致，又无可奈何的时候，就是这种状态吧。

我看他大步迈上了列车。列车呼啸而去，仿佛载着一个翩翩少年离开了。

卖袜子的女人

我一直不太理解，在地铁站外面卖袜子是什么营销思路。

难道坐地铁很费袜子吗?

阚哥和艳姐就是干这个营生的。他们夫妻俩曾经支着我们地铁站外唯一一个袜子摊。他们有一辆旧旧的金杯车，经常停在地铁站周围。出摊时，艳姐把车门拉开到最大，人坐在车厢里，脚下摆着一张钢丝折叠床。折叠床的高度刚好够到她弯曲的膝盖处，她可以收放自如地归敛上面琳琅满目的袜子。

艳姐长得不难看呢，人送外号“袜子西施”。

买卖密时，乘客们低头挑拣袜子的样子就像是对宝座上的女王卑躬屈膝；买卖稀时，车里的女人就会盘起双腿，或者干脆贵妃躺地靠在车座上，慵懒地把自己充分融入地铁站午后的阳光里。

艳姐在形象上属于小家碧玉型，虽然年逾四旬，却没什么老态。反而是她丈夫阚哥，那个黑得几乎跟刚从煤窑里上来一样的瘦男人显得十分油腻，经常穿着一身老头衫，趿拉着拖鞋在地铁站广场上佝偻行走，见谁都是一副“哎呀，最近在哪儿发财”的社会人笑脸。

很不带刻板印象地说，这男人不仅形象邋遢，说话办事也相当鸡贼。他跟艳姐开的是夫妻店，但时间久了，袜子摊旁边就没了他的身影，只剩下艳姐独自支撑。后来我才知道阚哥有牌瘾，一打起来就不可收拾，本来和老婆合力经营小摊，慢慢就变成了他只负责上货收货，其余时间就成了甩手掌柜，没事儿就跑到马路对面去和拉黑车的司机打牌。

但阚哥也不是从不出现。有一次警务室接到乘客举报，说艳姐的摊影响了乘客出站，我出去清理，看见她把摊位摆在了通道边，正热火朝天地朝过往乘客揽买卖。那阵势，哪怕是匆匆路过的没有任何消费欲望的乘客，都会禁不住扭头瞅一下这个上蹿下跳的精干女人。

我曾经没少对她进行批评教育，告诉她不能影响乘客进出站，不能妨碍客流，更不能仗着自己嗓门大就假装热络地堵口揽客。但她每次都阳奉阴违，经常是你前脚走，她后脚就变本加厉。所以那次我对艳姐不想再容忍，大声训斥她让她把摊收了，然后跟我到警务室接受处罚。

这其实都是常规操作，艳姐并不稀奇，一边嘻嘻哈哈地讪笑，一边慢吞吞地收拾摊位。但我觉得事情不能就这样轻描淡写，她可是老油条哇！于是我加了一句：“你屡教不改，把你的袜子都收拾好，一会儿我叫城管给你收了。”

艳姐愣了，眨着眼睛问我：“啥？没收了？”

“对。”

“别呀！”

我其实就是吓唬吓唬她，希望她能引以为戒，没想到效果拔群。

“你们家这个摊，我都说多少回了，别堵站口别堵站口，就是不听，干脆别干了！”

艳姐在出站的人流中静立了一会儿，然后想起什么，赶紧拿出手机拨打电话。她是真慌了，她肯定在呼叫她老公阚哥。

我不露声色。

不一会儿工夫，阚哥就闪亮登场了。几天不见，他胡子拉碴，头发也乱得像鸡窝，不知道怎么就混成了这副德行。见我穿着警服很威严地站在他媳妇身边，他严阵以待，笑眯眯地给我递烟，问发生了什么不开心的事儿。

我推开他的烟，跟他说了同样的内容，并表示这次我绝不姑息，一定要把他家这颗大毒瘤从地铁站连根拔掉。

我话还未说完，阚哥猛地转头看向艳姐，跟要什么把式似的，以迅雷不及掩耳之势抬了一下胳膊。就在我还没看清到底发生了什么的时候，我耳边先响起一声清脆的响声。

“啪！”

然后我就看见艳姐捂着右脸，默默低下了头。

我秀才遇见兵似的看着他：“你怎么打人？！”

阚哥手指着艳姐鼻子，高声训斥：“我怎么跟你说的，让你别乱摆别乱摆，你就是不听！你这个娘们儿怎么就是不识抬举！”

还有很多不堪入耳的脏话。

我使劲扯着他，怕他做出什么更进一步的举动。然而越拉他他越来劲，甚至开始撸胳膊挽袖子了。

“马警官，你别拦我，我非得抽死她！”

“你这是家暴，你知道吗？”

“这娘们儿不打不行。”

好说歹说，我让他们收走了摊。整个过程中，艳姐涨着猪肝脸，埋头收拾着他们的各种家伙什，一句话都没有再说。

第二天上班时，我又看见艳姐远远地在地铁外的马路上卖袜子。她家那辆脏得看不出颜色的金杯车停得远了一些，她人也没了平日里生龙活虎的模样，整个人像霜打的茄子，坐在车里很茫然地望着外面。我巡逻时还特意问了她：“昨晚他没打你吧？”“嗐，没有没有，您别看他厉害，其实他怕我。”她故作无所谓地说。

“打你，你就报警。”我说。

“那哪儿行啊，警察把他带走了，我跟谁过呀？”她猛然摇摇头。

我无言以对。

自那以后，艳姐夫妇好像找准了我的软肋，每次他家的袜子摊东窗事发，两人都会来这么一出苦肉计。虽然我没有允许阚哥再在我面前对艳姐动过手，但也少不了各种言语恐吓或者肢体威胁，甚至有一次他还抄起一捆丝袜往艳姐身上砸。那一套动作不假思索行云流水，如果配上那种很恶俗的 BGM（背景音乐），外加完事的瞬间给他贴上雪茄和墨镜的表情包，整个人就是教科书式的恶男典范。

更令我尴尬的是，每每有路过的乘客看到这一幕，好奇心都会被顷刻拉满，周围就免不了议论纷纷：“是警察来抄摊，夫妻俩打起来啦。”

站在旋涡中，我似乎成了最大的恶人，这场悲剧的元凶。

好大的冤种啊。

我觉得我不能再被他们这种套路支配了。

有一天艳姐的摊又影响了秩序，我把她请到警务室，然后给阚哥打了电话：“你老婆今天得被拘留了，你过来帮她领一下东西吧。”

半小时后阚哥就着急忙慌地来到了警务室，一进屋看到角落里坐着的艳姐，嘴上又开始骂骂咧咧。我不给他施展套路的机会，直接把他带出屋子，让他领好东西走人。他重复着鞠躬上烟的常规操作，一张老脸笑成了丑橘。

我皱起眉头："这回你说什么都没用了，货你可以领回去，人我拘了。"

"这娘们儿就是欠收拾！"阚哥气得直翻白眼。

"进拘留所待几天，也算是让她长长记性，也省得让她挨你的打。"

"马警官，别呀！"

"反正你也看她碍眼不是？"

阚哥烦躁地抠着墙皮："那也别拘呀，您行行好，我们知道错了。"

"真知道了？"

"真知道了。"

"下回怎么办？"

"我们一定遵守秩序。"

"怎么保证？"

"我我我……我写保证书！"

我独自一人回到警务室，问正坐在椅子上怀疑人生的艳姐："下次还使苦肉计了不？"艳姐的演技似乎被压榨光了，整个人很放空地沉默了一会儿，嘟嘟囔囔地说："谁使苦肉计了？他那个人，说打就打，说骂就骂，在家也这样。"好家伙，一说来真的，她也变了调性了。

我做出一副匪夷所思的样子："那你不反抗？"

“反抗有啥用？”

“那你就让他一直欺负下去？”

“等他老了，自然就闹腾不动了。”

原来她是这种逻辑，我一阵无语。下意识地，我开始有些同情她，但是夫妻间的事儿，同情又有什么用？以她平日里的精明样子，花花肠子比我多出几百倍，我不相信她不清楚自己在什么处境里，过着什么样的生活。

想了想，还是决定宽慰一下她：“不过他刚才来了，反复求我不要拘你。”

令我没想到的是，艳姐嘴角浮现出一丝不易察觉的冷笑：“因为家里还有一堆活儿呢，我不在了，谁干？”

我身心俱疲，指着门外：“走吧，走吧，他在门外等着你呢。”

地铁站外的马路上，夫妻俩上了那辆脏兮兮的金杯汽车。阚哥摇下车窗笑嘻嘻地朝我反复保证，下次决不再犯，再犯，两人一起拘！

正说着，往副驾驶落座的艳姐好像坐到了什么东西，屁股底下啪嗒一响。阚哥脸上登时笑容全无，扭脸冲她骂道：“我墨镜给你坐坏了，臭娘们儿，找抽呢！”

面包车晃晃悠悠地走了，地铁站只留下排气管子滴下的几滴油迹。

和我的一声叹息。

少女心的『牛魔王』

我们地铁站外以前有一个四十多岁、身材发福、满脸高原红的大妈。她的外号叫“牛魔王”。

后来我才知道，这是因为她原来是拉摩的的，摩的的后门上有一个可能是牛肉火锅店的广告，店面名字里有“牛魔王”三个字，一来二去甚是醒目，所以得此“雅号”。

禁摩之后，牛魔王买了辆二手车，没事儿就来我们地铁站附近拉黑活儿。有时候赶上客流高峰期，她会趁我们不注意偷偷跑到地铁口去揽生意。

我抓过她两次，在警务室让她坐下她偏站着，让她站着她就挠墙，跟你没话找话，嬉皮笑脸，仿佛不是处罚她而是找她录真人秀。刚开始我以为她是套近乎，后来听门口烙馅饼的大妈说，牛魔王平时就爱逗小伙子，贴膜的两位小哥都领教过。买卖稀时，她就会跑到小伙子们跟前溜达，问人家做了几单生意，中午订什么好吃的，聊兴起了还拿手指甲戳人家胳膊肘，笑得比野原美伢[1]还夸张。

牛魔王的身世有那么一点点悲凉。她在老家没离婚时跟老公分居了十多年，直到孩子上大学才把婚离成。自己在老家了无牵挂，便跑出来挣钱花。按说她一个女人背井离乡本应很艰苦很弱势，但好在她身体壮实能吃苦，再加上外形上很安全，所以还算是站得稳脚跟。正所谓一人吃饱全家不饿，圣体安康又无欲无求的牛魔王在北京混得还很快乐，除了平时撩撩小鲜肉又经常碰一鼻子灰之外，还是比较快活潇洒的。

不过很悬疑的是，某年某月的某一天，我发现牛魔王好像和以前不大一样了。

原先这家伙在外形上放飞自我，外套永远是油光锃亮，头发不打理也就罢了，连个帽子都不戴，刮起风来跟摇滚大妈似的。改变之后的牛魔王不仅换上了干净衣裳，把头发梳成了大人模样，而且造型百变，今天知性风，明天登山范儿，后天忽然就穿上大花袄，戴上亮镯子要变身印度舞娘了。尽管以牛魔王的品位，她难以很快脱胎换骨，但是岁月静好探索不息，她的花招远不止这些。

我注意观察之后，还发现她说话也变了。以前她站在站口，动不动就是一声吆喝“小伙子走不走哇？”，嗓门粗哑还拿腔拿调，吓得乘客们还以为妈妈桑[2]占领地铁了。后来我抓她时，听见她声也小了话也温存了，连走路都不那么咧巴了。跟我去警务室的路上，她走得轻巧、细慢，像个日本女人。要不是她冷不丁地甩给我一个白眼，我还真以为她从此就曼妙起来了呢。

那之后，她脖子上还会出现一条亮晶晶的项链，肩上会跳出一

---

① 日本漫画《蜡笔小新》中的角色，一位全职家庭主妇，性格较为外放。

② 妈妈桑：日文音译词，指上了年纪的女性。

只镶着水钻的小包包，手上会攥一杯街角买的虽然便宜但挺显档次的珍珠奶茶。她在地铁站广场上也不那么人五人六地招蜂引蝶了，没买卖时就静静地坐在人行便道边的水泥台上。她的那些黑车伙伴偶尔过去叽叽喳喳，她也不怎么招呼，就更别说去找贴膜小哥撩骚了。甚至有一次，我看见一个她昔日里很爱招惹的小哥从她身边走过去，她几乎连头都没抬，当时她的手里捧着一本书。

对，四十多岁的牛魔王在午后的马路边的树荫下看书。这个景象虽然说不上多美，但给我的冲击力极大。那一刻我甚至觉得她一定是和平行宇宙中的另一个自己重叠了。那个世界的她是一个小资精英，抑或是一个文艺才女，没事儿喝喝咖啡玩玩插花，远离凡尘烟火，又很通世间百态。如果不是晚高峰到来她照例要去站口揽生意，我还真以为自己改造好了一个黑车大妈呢。

我一直忽略了一个问题：她到底怎么了？

等我意识到这里面的确有问题的时候，我忽然有些感动。

一个多月后的一天晚上，我抓了几个堵口揽客的黑车司机回来，其中有一个叫阿新的跟牛魔王比较熟。我看见她时才忽然想起来，我已经有一个礼拜没有看见牛魔王了。

她跟我说，原来牛魔王之前的变化不是心血来潮，而是她看上了一个人。

“谁呀？我没见她又去跟谁撩骚哇。”

阿新说：“是卖莲蓬的老罗啊！”

那个老罗我知道，看上去是个好人，虽不修边幅，但也算朴实无华，都入秋了还穿着拖鞋摆摊，蹲在板车后面掰莲子，浑身散发着浓厚的劳动人民的忠厚气息。

我说：“怎么可能？我就没见他俩说过话！”

阿新说："但是她的确是这样跟我说的呀。马警官，你还是不了解女的，真喜欢了就非得走得多近哪？有时候越是看上了就越是故意装得眼里没他，但还要天天特漂亮地在他眼前晃悠。"

"……老罗呢？"

"嗐，别提了，据说家里有老人病了，上礼拜就回老家了，也不知道还能不能回来。"

"牛魔王呢？"

"不知道哇。是不是跟着一起回去了？也可能是见不到老罗，没心思出来了吧。"

那天我琢磨了一晚上牛魔王这事儿，觉得特别神奇。原先看她撩小伙子，我就以为她是性格使然的花花大妈，没想到真正喜欢一个人时，她也有着一颗含蓄、娇羞、套路满满的少女心。你们能想象，一个四十多岁的整天风餐露宿的女人，为了追求一个自己真正喜欢的人，不惜改掉了自己多年的习气，从内到外、从头到脚都焕然一新吗？那可是一个经过岁月长河洗礼的不爽了可能就甩一句"老娘这辈子就这样了"的女人哪！

撩是下意识的游戏，喜欢，却是一种来自心底的决心。

至今她穿着灯丝绒裙子坐在马路边看书的情景我都记忆犹新。那一刻光影斑驳，时间静止。想必老罗也在不远处的莲蓬摊后面，好奇地打量着她吧。

后来我再也没有见过她。

我希望她是跟老罗回了老家。

祝他们幸福。

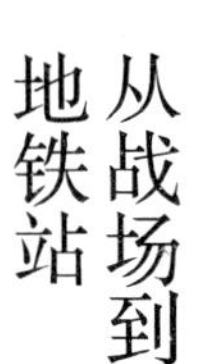

从战场到地铁站

前几天我早高峰执勤的时候，一个把自己裹得特别严实的大爷找到我，要找 C 口。

其实他也不太大，应该五十冒头，就是显老，看样子是来接人的。

我说：“我们这个站没有 C 口哇，您问清楚了？”

大爷应该是已经在这儿等半天了，尽管穿得像个粽子，脸还是冻得红扑扑的。他有点儿烦躁地拽下手套，掏出手机使劲划拉着。最牛的是，他可能是嫌冷，一边操作手机一边还把拳头放到嘴边哈气，屏幕上蹭了口水，他又慌不迭地拿袖子蹭，看上去还挺萌的。

我要笑，他瞪我。

我发现他的屏幕背景好像是张穿军装的老照片。

大爷按电话，挂断，口吐白气：“他不接电话呀！你带我去 C 口！”

我说："我们这儿没有C口哇。"

大爷瞪着我："不可能吧！你再想想！"

"……"

"您总不能让我现挖一个C口出来吧？"

我又跟他核对了一下信息，比如是不是接错站了，是不是站口听错了，让他又拨了两次电话。但对方都没有应答。

大爷又看了看四周的人流，暴躁至极，冲着空气骂了句："妈了个巴子！"

好在过了两三分钟，我看见A口那边突然跑过来一个人，喊着："老钱！"

大爷回头一看，没动窝，张嘴又是一句："妈了个巴子！电话他妈的也不接！"直到那人跑过来，大爷这边都没挪一步。

过来的也是一位大爷，只是比这位钱大爷略胖一点儿，但也是腿不弯背不驼，站得笔管条直。

钱大爷这边仿佛失了声，我心想是不是酝酿着发怒呢，没想到再扭脸一看，钱大爷眼圈竟然红了一大片。他可能怕我们看出来，赶紧翻自己挎包，找半天翻出一个黑乎乎的东西，扔给对面的大爷。

"××（没听清楚名字，感觉说的是他老伴）织的脖套，你先戴上！一会儿还得等公交呢！"

对面老大爷拍拍我："谢谢你啦，小伙子，我们老战友二十年没见啦。"

说着他也哽咽了。

说来也怪，如果是我在茫茫人海中找一个二十年没见的故友，我估计得脸盲一上午。但两位大爷能这么快相认，仿佛真有什么感应似的，让他们有生之年都走不散。

听他们后来边走边聊的是什么自卫反击战，这就是人们常说的“过命的交情”吧？

看着他们远去的背影，我仿佛看到了两个穿越枪林弹雨的少年。我从未从军，以前对战友情也知之甚少。但那天两位大爷的眼泪让我真切地感受到，这种东西，有，而且，长存。

归来的醉汉

有一年夏天的午后，我们接到乘客报警，说辖区里一座地铁站有个醉鬼躺地不起，于是赶紧过去处置。

这是我第一次中午碰见醉鬼，虽做足了准备，到现场还是抓了瞎。喝多的中年男人烂醉如泥，倒在车站的台阶上一动不动，呕吐物翻江倒海，身上满是污秽。这家伙穿着粗布麻衣，一双皮鞋破烂不堪，身无长物，除了手边扔着的一只白酒瓶子。我看实在没有办法找到他家里的联系方式，只能蹲下来硬着头皮跟他交流，问他是哪儿的人，要去哪儿。

他意识混沌，除了偶尔蹦出两句脏话，便是不停地打鼾、磨牙、蹬腿，丑态百出。我站在人来人往的地铁口，忍着恶心挠着头，给我们领导打电话。

不一会儿，领导带着同事过来，跟我说先把他抬回所里吧，总跟地铁口晾着也不叫事儿，回头酒还没醒呢，人倒中暑了。

我脑袋都大了，看着地上死猪一样的大汉，问："……这行吗？"

事实证明世上无难事，只要呕点高。我们一动那大汉便开始吐，从头发到脸，从脖子到脚，花花绿绿，斑斑点点，整个人像从猪槽子里捞上来的，让人无从下手，避之不及。我们屏着呼吸，带着视死如归的心情抓着他的四肢一步步向警车挪动。虽然警车近在咫尺，但我感觉像爬火焰山一样煎熬，当时心里想的是宁愿去工地搬上一礼拜砖也不伺候这种极品[①]。

好容易把他抬到车上，他鞋掉了。怎么形容呢？郭德纲说讨岳云鹏的脚能治鼻炎，我觉得这位的脚能治所有的绝症。

车一开起来，醉汉就开始折腾，我们怕他磕了碰了，只能束手束脚地按着他，结果他就跟被粘住了的麻雀一样使劲挣扎，要扑腾着飞起来。

控制了他一路，下车时我们几个人身上汤汤水水蔚为壮观，透着浓浓的毕加索风格，味道"沁人心脾"。

俩辅警都吐了。

但恶心归恶心，我们还是给他擦干净了脸，又倒了热水，让他横在我们派出所大厅的椅子上醒酒。我们大厅清爽凉快，穿堂风吹着，大汉就在椅子上美美地睡了一觉。

我洗了澡，又去忙了别的事儿，半天之后想起来门口还有位醒酒的，便去看看状况。结果到了前面一看，椅子上空空如也，问值班的同事，他们说那个人睡了几个钟头，起来说去上厕所，就再也没回来。

我摸摸还酸疼的胳膊，看看地上放着的给他倒水的杯子，一阵

---

① 极品：网络流行词，指令人非常讨厌的人。

摇头：极品终究是极品，甭管醉着醒着，都不那么地道。

——嗐，也可能人家有生计要奔波吧，况且我也没做什么，一杯热水在如今算什么，人家就是赖在你派出所喝上一天热水你能不给吗？你好意思管人家要一声谢谢？

想想这些，忽然被穿堂风吹了一个激灵。心下有点儿悲凉，胳膊更疼了。

过了两天，也是一个傍晚，我要下班，走出门忽然看见一个有点儿熟悉的身影在门口蹲着，那人看见我猛地站起来，跟认亲似的死死盯住我。我吓一跳，仔细看去，发现竟是前两天那个醉汉。那天和他多次“亲密接触”都没来得及仔细观察他的样貌，只记得是一个满嘴胡楂一脸褶子的人，现在一看，他头发短了些，胡子明显刮了，齐齐整整的，倒显得有点儿青涩。

“那天麻烦您了，我正好路过，就看你们在不在……”他好像也不知道该说什么，显得有点儿扭捏。

我心里一暖，整个人忽然特轻松：“没事儿，少喝点儿吧平时。”

他指着不远处的地铁小卖部说：“要不我请您喝水？”

“不用了，不用了。”我笑笑，抬脚走了。

他还穿着那天的旧衣裳，但洗得非常干净，下摆处还有明显的搓痕。在和他擦肩而过的一瞬间，我忽然明白了那天他为什么不辞而别。他可能是担心自己当时不体面的形象污了这份真挚的谢意，抑或是还未走出醉酒状态，本身也觉得自己矮了我们半头。总之，并非我猜测的那样薄情寡义甚至理直气壮。

从那以后，遇到再落魄的人，我都不再以片面的、狭隘的思维去衡量人家。每个人都有自己的心思和傲骨，好像水葱一样，不管是绿油油亮晶晶的秋水葱，还是被冻得干瘪僵硬的冬水葱，虽看上去有天壤之别，但它们的芯都是又甜又辣的，那是世间每个人都会体味到的人生的味道。

徐大婶的神秘酱料

徐大婶和她老公是我们地铁站外做铁板烧生意的。

铁板烧这玩意儿，绝对是地铁站美食江湖里最高端的食物。这通过她摊位前络绎不绝的食客就能窥见一斑。那些卖鸡蛋灌饼的、卖烤肠的、卖热干面的小贩，看着徐大婶总是一副如同普通学生看学霸的羡慕表情。很长时间以来他们都搞不太明白，徐大婶是怎么吸引到那么多顾客的，以及是怎么把那么些普通甚至低端的食材做得那样让人唇齿留香的。

如果说徐大婶是个有证书的厨师，或者曾经在哪家米其林餐厅镀过金，甚至曾经被哪个网红光临过摊位也就罢了，但偏偏她是那么普通的人，别说名气了，从外形上看去就不可能有过任何包装。她四十多岁的样子，头上永远箍着一顶布满油渍的黄兮兮的白帽子。帽子下面是她那张面皮松弛，却又总是表情丰富的脸。颧骨高高的，眼睛细细的，笑起来特别平易近人，严肃起来又极具威严。大家都说她这种面相特别适合当老师，对待学生赏罚极致分明，肯定能桃李满天下。

徐大婶的后勤装备和物质材料也寻常得紧。她和她老公有一辆被改造过的三轮车，那三轮车我就从来没看出过本来颜色，上面永远油腻腻的，好像野战部队里特意为军车打造的伪装。三轮车的后斗是宝库，跟汉堡包似的很有心机地分了好几层。最底下是仓库，藏着各种食材用料，中间那层是炉子，蕴藏着他们这个美食小摊的原动力。最上面那层便是锅了，其实确切地讲不叫锅，因为它没有边缘，也并不是圆形，本质上就是一块硕大的方形铁板。

怨不得叫铁板烧呢。这可能是跟我们在饭馆里吃的那种有大厨现场操作、动不动就烟熏火燎的铁板烧的唯一关联。

最让其他摊贩匪夷所思的是徐大婶所用的食材也简单至极，压根就没有什么稀奇东西。饭馆里的铁板烧可以有龙利鱼、五花肉、鲜牛肉，哪怕是蔬菜，也净是莲藕、花椰菜之类的很小资的品种，但徐大婶的铁板烧压根就没有这些东西。我曾经在她那儿消费过，放眼望去，小塑料筐里盛的无非就是金针菇、香菜、鸭肉片这些寻常物，最高端的也就是一串串被豆腐皮包裹的培根卷。

但是做出来真不一样。

做的过程不那么美观，徐大婶会在每一串半成品下锅之后，摆出一个卖力得近乎泄愤的下压姿势，紧接着食材们就开始边冒烟边惨叫，嗞啦嗞啦地，好像哭诉着人类的野蛮粗鲁。不过仅仅十几秒钟之后，香味儿就会实打实地向你扑来，即便算不上充满诗意的沁人心脾，也能让你食欲大振。

能瞬间让你饿到不行的食物，我觉得都能称之为美食。徐大婶的魔力就在于她能做到这一点，而且当你准备大快朵颐之际，心中同时还能隐隐对其佩服起来。因为口中的美味对比她那些简陋的装备，反差真的不要太大。

香飘四溢，远近驰名。

有那么一阵子，徐大婶和她老公凭借一己之力，简直霸占了地铁站外面的所有热度，两人经常是刚刚出摊，周围就黑压压挤满了各种饥肠辘辘的乘客。这些人多数其实并不是拿铁板烧当晚饭，只是一路过闻见那勾魂的油烟味儿就把持不住，必须吃一嘴再出站，否则就跟对不起自己一天的劳碌似的。

有一天，我们对站前广场周边进行清理，把所有小摊小贩都“请”进了派出所。那时正值夏天，小贩们个个穿着背心裤衩，有的手中还拿着蒲扇，三五成群地站在派出所大厅内等候处理。我秉承着一贯公平执法的态度，按照堵口扰序的程度对他们进行分级处理。堵着出站口严重影响乘客出站的重罚，堵着广场口的行政警告，没有堵口行为但同样影响秩序的则罚写下次绝不再犯的检查。因为徐大婶属于第三类，于是我递给她纸笔，让她做深刻的检讨，保证下次不要影响地铁站的秩序。

进行到这里，场面有些骚动了。几个卖小吃的摊贩开始嘟嘟囔囔，好像特别不服气的样子。

我问：“怎么了？”

一个卖炸串的小伙子说：“徐大姐的摊虽然没有堵口，但这几天她那里人最多，也应该罚她。”

卖煎饼的欢姐也说：“是嘞！我一晚上就卖出去几个煎饼，你看她的那个摊哟，人多得不要不要的。”

卖卷饼的大姐在后面附和：“就是就是。”

我一想也是。群众的呼声不容小觑，何况我刚才的处理办法的确有些程式化，地铁站是人群物流集散地，如果光按照地理位置制定处罚标准，确实有失公允。

但还没容我发话呢，在一旁低头抠手的徐大婶发话了："那也按照堵口的标准罚我吧。我认罚。"

旁边徐大姐的老公很不情愿地拽她，被她一把推了回去，眼神毒辣。

卷饼大姐嘴角忽然上扬，很妖娆地挥了一下手："哎呀，我不是那个意思呀，我只是把事实情况跟马警官说一下啦。"

炸串小伙忽然想起什么，也马上变了脸："是呀，我们没让您罚徐大姐呀，她人可好啦，不要罚不要罚。"

另外几个刚才起哄的人也变了脸，都呵呵笑着说，就是就是。

我被这帮人整糊涂了，这唱的是哪一出？

徐大姐却并不领情，等那帮人消停后，顾自说道："您罚我吧，马警官，今天是我不对。下次我不来广场了，我去外面马路边卖。"

"哎哟，那怎么行，"欢姐做了一个使不得的动作，"马路边车来车往的，不安全，还都是土，可不要去。"

"就是就是，"卷饼大姐蹙眉苦笑，"不要去不要去，我们舍不得你走哇。"

别人也说："大姐想在哪儿卖在哪儿卖，不影响啦！"

徐大婶站在这群人边上，好像遗世独立一般孤独静默，同时还带着有点儿幽怨的执拗。

"就去马路边。"

给每个摊贩单独训话时，我问他们到底是怎么回事儿，为什么对待徐大婶的态度如此奇怪，徐大婶自己也表现得很反常。

"马警官，"炸串小伙朝我眨眨眼睛，"你能不能帮我问问，徐大姐家的酱料是怎么调的？”

“什么？”

“就是她家的那个料，那是个宝哇，要是都让我们学学，大家都能发财！”

我醒过味儿来了。原来他们是为了这个呀！

仔细想想，徐大婶做的铁板烧，食材朴实做法简单，真的是在她的酱料之下才大放异彩的。那料甜中带咸，辣中带酸，虽然味道浓烈，却没有任何油腻刺激之感。无论是腥气的鸭肉，还是寡淡的蘑菇，但凡刷上了她家的酱，那感觉就像白云遇到落日，立马变成了绚丽的晚霞。

财富密码呀。

另一个房间里，我偷偷向徐大婶提起了这件事。徐大婶鼻子一哼，很孩子气地说道：“我早就知道，他们好几个人问我酱是怎么调的呢。但我告诉过他们哪，就是用烤肉酱、葱头、大蒜和酱油什么的熬一熬，再加一些蚝油、鸡精之类的，很简单的嘞！”

“那他们怎么还要哇？”

大婶很困惑地摇头：“不清楚哇！我跟卖麻辣烫的说过，跟做卷饼的也说过，他们做出来蘸给乘客吃，人家不买账，那就是自己的手艺问题咯。”

然而其他小贩听我说完一致反驳：“什么呀，她根本没告诉我们实话，我们按她说的把酱调出来，根本不是她那个味道，老有股腥味儿，她骗人呢。”

“你自己手艺不行！”

“马警官，你怎么就是不信我们哪？”

那天晚上的“酱料之争”持续到很晚，小贩们辩累了，对这个话题也就没了兴致，最后接受处罚一一散去。

只剩下徐大婶夫妇还戳在我们派出所前台。

我看了小学文化的徐大婶写得七扭八歪的检查，就像看一个孩子写的遵守课堂纪律的承诺书，用词随处可见地别扭，情感也表达得极为夸张。

“作为一个也经常坐地铁的人，我深深地感到了自责，我不应该在地铁站口摆摊，造成了乱子，不安全，也污染了环境，我特别过意不去，特别想跟乘客们说声对不起　我对不住人家！”

我有点儿汗颜：“下次记得离站口远一点儿，要不那么多人，把乘客烫了也不好，对不对？”

虽然检查写得慷慨激昂，徐大婶本人却面无表情：“哼。”

不过一会儿她又说道：“下次我不来了。”

我反唇相讥：“你们每次都这么说。”

她鼻子里又哼了一声，慢吞吞地收拾随身物品，拉着老公往外走。

“那个，徐大婶。”我叫住了她。

“咋的？”

大厅白炽灯照下的一束亮亮的光斜在我俩中间，我远远地看着她：“不想告诉他们配方就不说，堂堂正正的，本来也不是应该说的。”

她紧绷的表情一垮：“我说了呀，他们不信！”

“我在你家吃过，你刚才说你的配方里有鸡精，不可能，我吃鸡精过敏，一吃就浑身痒痒，所以我知道里面不可能有鸡精。”

徐大婶愣愣地看着我。

“正经点儿说，这叫商业机密，凭啥说！”我反而不正经起来，笑嘻嘻地看她。

徐大婶老公捅捅身边的老婆，示意已经石化的她应该给个反应。徐大婶恍然两秒，嘴角不觉上扬：“商业机密，好词儿，好词儿。”

我俩互相看着，都绷不住，相视而笑了。怨不得她出品的美食滋味丰富，原来里面除了菜和肉，还有一个劳动妇女潜心钻研的智慧结晶呢。正因为这份成功来之不易，所以要像呵护襁褓中的孩童一样小心翼翼。没什么可不好意思的，这就是属于我们自己的，足够点亮我们人生的宝贝。

看来不管做什么，头脑先行，才能创造宝藏啊。

一把碎花伞

我在地铁站执勤时，如果碰到突然下雨，看到站口有卖伞的小贩一般不会直接过去干预。一来为了便民，二来也为了站口通畅。

于是他们就开始得寸进尺。

有的小贩没底线，小雨时他伞卖十块钱，中雨时卖十五，大到暴雨时就奔着二三十开价了；有的小贩属于三天不打上房揭瓦型，看你不管他，下一分钟能蹿到车站台阶上去，再看你无动于衷，下一秒就能溜进站厅；最恶劣的小贩是，自己和同伴扮成乘客，去抢站务员发的一次性雨衣，把人家搞得弹尽粮绝之后，他们再占山为王。

他们还跟乘客吵架。乘客花二十块钱买了把伞，没走出几步伞劈了，乘客手上一乱，手机掉水坑里了。乘客翻回头和卖伞的骂起来，站口乱作一团。

从此我有点儿讨厌地铁口卖雨伞的。每次看到他们撅着圆滚滚的大屁股在纸箱子里边扒拉边吆喝时，我都会过去听听音。那些从头到尾都喊“十块钱”的，为了乘客我容得下，那些坐地起价恨不得烧香求雨的，我就全往马路上轰。

有时候人也挺奇怪，讨厌一个群体之后，哪怕见不到那些人，脑子里也会经常性地生起这股子厌恶来。下雨在外，看到满大街打伞的人就会想，他们其中哪一个会不会也吃过那种小贩的暗亏？看到哪把伞质量比较差，我也会特笃定地认为，一定就是地铁站卖的那种破伞，按下开关没反应，冷不丁还会“走火”，打开来“砰”的一声像放屁，撑着走不了几步就会变形。这帮家伙看老天爷脸色吃饭，心中却没有一点儿大爱。

去年有一次加班之后回家赶上下雨，我从辖区一座地铁站出来，看见站口一个老妇在卖伞。我本来无意买，一是身上没带现金，二是觉得雨点大小能忍受，便躲着她往外走。可能时值深夜出站的只有我一人，那老妇黏着我不放，从站口追到雨棚子下面一个劲地问我要不要伞。我说不要！她竟然还歪着脑袋问为什么。

我说没钱。

说实话，她长得并不面善，头发还梳成很古怪的猴顶灯形状，戴着一串很有夏威夷风情的大贝壳项链，倒像是在沙滩上卖泳裤的。为了不让她继续骚扰我，我很明确地摆摆手。

但接下来她眉头一皱，仿佛经历了一场短暂的思想斗争，最后把雨伞塞到我手里：“算了，送你了！”

然后她就要走。

我一蒙，想说不要，还未开口，她又自嘲地笑了：“嗐，你拿着吧，要不然我为这一把伞，回头再赶不上末班车！”

她两眼一眯，脚下生风地走了。头顶的大鼓包在夜色中一耸一耷的，有点儿逗。她打着一把黄澄澄的亮伞，想必是给自己挑的一把最可心的。想起了《我爱我家》中贾志新的那句台词：

“咱圆圆她姥姥还真有点儿人老心不老的意思。”

很奇怪，后来我再也没见到她。

那把伞头几个月我还把它放在单位，想着万一哪天在辖区里碰见她就还给她，但始终未能如愿。后来有一次下雨，我索性打着它回家了，直到现在，它还懒洋洋地躺在我的阳台上。

一把蓝底碎花伞。每次看到它，我都会多瞄上一眼。那种感觉很奇妙，好像是从苦涩的咖啡里寻着了一粒糖块，让人不自觉地嘴角上翘。从此我仿佛不那么抵触卖伞人群，哪怕碰到了当中的极品，也平和了许多。好在后来雨天卖伞的也多了起来，市场趋于稳定，没几个冤大头了。

这两天北京下大雨，再到地铁站执勤时，看见卖伞的小贩们，我多看了几眼。仿佛下一秒就能看见一个猴顶灯发型、戴着一串贝壳的大姐，带着一脸挺机灵甚至有点儿油滑的笑，用铜铃般的声音说：“嘿嘿，要伞吗？”

失控的母亲

多年前，我们出警控制了一个在地铁站发病的精神有异常的人。是一个小伙子，挺壮，发起癫来见谁抡谁。我们好不容易才把他按住，带回所里，想办法联系他的家属。

可能是他家里人怕他走失，把家属联系方式放在了他的衣兜里。

很快，他的父母来到我们派出所。两个老实巴交的老人，父亲沉默寡言，母亲一筹莫展。他们带着儿子一大摞的诊断病例告诉我们，两人原来都是老师，一个教语文，一个好像是教地理。近年来因为儿子的病情越发严重，都办理了提前退休，双双照顾儿子。但毕竟年事已高，有时候还是看不住他。

我说："那你们应该把他送到医院里治疗哇？"

"治着呢，但他是间歇性的，没事儿的时候还是挺好的。"母亲讪讪地辩解。

我无话可说，但因为这一次这个男子发病实在严重，我们还是和他父母一起把他送到了附近的精神科医院进行治疗，并建议他们，最好还是住院。

后来又过了一两年的光景，那个男子又来到我们辖区，这一次是随地大小便，还对提醒他的乘客破口大骂，又“二进宫”地来到我们这里。

因为对他印象深刻，我们好生照看之余，赶快联系了他父母。

这次等了两小时他母亲才姗姗赶到。我看见女人的第一感觉，就是她苍老了很多，也不像上次来的时候那样整洁从容了，头发散着，衣服也不甚干净，两眼有些空洞，从进门开始就无法聚焦，反复地问我有没有粗暴地对待他、有没有让他受委屈。

我们跟她解释了很多遍她都不相信，她掰着儿子的手背，指着上面的一块稍稍发红的皮肤大声问我：“那你说这是怎么回事儿?!”

我当时委屈极了，他儿子发起病来外人根本近不了身，我和同事不被打就不错了，哪还有本事欺负他呀?

我如此一说，她的情绪更加激动，后来干脆坐在我们大厅不走，要我给个说法。

从她说话颠三倒四的程度，我隐隐觉得她有些不大正常了。

几经周折，我们联系上了这个男子的父亲。老父亲匆匆赶来，认出了我，表示感谢。我说：“您也别说什么谢谢了，您爱人还对我们有点儿误会呢。”

老人很是一言难尽，说这几年时间，他有时候在外面打零工，老伴长期在家陪护儿子，为了照看儿子基本足不出户，慢慢地，老伴的精神也出问题了。

我问：“那还是没让您儿子住院治疗？”

老人说：“她不同意呀，她就要自己照顾。现在她自己也成了这样，我就更劝不动她了。”

老人去安慰自己老伴，但老伴情绪越发激动，甚至指着我破口大骂。我看着她蓬头垢面的样子，几乎能想象出她在差不多与世隔绝的家里，每日与自己患病的儿子交流做伴的日子。儿子的急躁、无理、时好时坏的状态一直吞噬着她的耐心，她的情绪、外表也跟家里的秩序一样，逐渐从体面条理变得杂草丛生。

荒芜真的能粉碎希望。也许她对于儿子康复、就业、结婚生子的期待，逐渐退守成自己能有一个安稳晚年的乞求。但当她发现连这一点也正在沦为奢望的时候，她自己也成了那股折磨她的愁念的帮凶。

日光挪移，人真的很难不被改变。想到了《姨妈的后现代生活》的结尾，叶如棠满头白发、双眼呆滞地坐在冰雪中练摊的样子。

所以，她的这种宣泄忽然令我有些感动。她越是无理纠缠，我就越是沉默。

“你们到底打没打他！小兔崽子！”

她冲我龇牙咧嘴。

我看着她，最后说了句：“您辛苦了。”

她不期然住了嘴，似乎感觉莫名其妙地看着我。

但可以确定的是，从我说完这句话到他们一家三口离开，她就再也没骂过粗口。他们走出门口时，我跟在后面看了看，看见这个母亲抬起胳膊，轻轻擦了擦眼睛。

人间早点铺

徐英侠是位老大姐，在地铁站早点铺里卖包子。

经常给我找麻烦。

我是怎么注意到她的呢？是因为有一天早上我去站口上勤，忽然看见早点铺子门前聚满了人。凑过去一看，是一位男乘客正和窗口里面的女店员互相“口吐芬芳”。店员腰板的柔韧度真是可以，半个身子都躬到了窗外，要不是她正在脸红脖子粗地骂街，我真感觉她就是下一秒要飞出去拯救地球的蜘蛛侠。

因为早点铺位于站外通向站口的必经之路，所以一时间吸引了不少乘客围观。

我赶忙过去查看情况，但是等我站在风暴中央时，我却陷入了尴尬的迷惑。男乘客和女店员都在用各自的方言骂对方，这两种方言我哪种也听不懂，再加上他们语速极快，导致我压根就弄不清楚他们之间发生了什么事情。

我尝试询问男乘客缘由，但插不上嘴，我扭头劝女店员，同样被直接无视。我一看没办法，不能让地铁站乱套哇，只能朝女店员大吼一声：

“你！别说了！停！”

女店员这会儿才真正注意到穿着警服的我，终于哑了火，眨着眼睛看我，好像在等我接下来的话。那名男乘客也把头转向我。

我却没了话，因为我压根不知道发生了什么。

我们如同通过虫洞相逢的三种外星生物，在那两秒钟大眼瞪小眼。

空气干硬到几乎掉渣。

男乘客见时间不早了，最终嘟囔了一句牢骚话，甩着胳膊先行离去。

围观的乘客也都讪讪地散了。

女店员又来了劲，双手叉腰，朝对方离去的方向要开骂，被我连忙喝止：“不许再骂了，听见了吗？”

她扭头看我，终于说了一句普通话：“你咋光说我不说他？”

我这才得以仔细打量眼前这位看似朴实无华的劳动妇女。只见她四十来岁的年纪，面庞微圆，肤色暗沉，皮肤不太好，鼻子像是一颗刚出锅的大烧卖，滴滴点点的还挂着雾气蒸凝成的水珠。脸上最生猛的部分莫过于双眼，一双总是好似发怒一样的眼睛，里面似乎蕴藏着无尽的邪能，你冷不丁看上去，会觉得她是个隐藏在凡尘烟火中的黑道卧底，正在殚精竭虑地四处搜寻敌对势力。

慑于她莫名其妙的威严，我只能硬着头皮打官腔：“你是服务行业的，不能跟顾客争执，再说你们骂来骂去，挤在这里的人越来越多，出了事儿怎么办？”

她翻了一个白眼，骂骂咧咧地把身前的一个笼屉盖取下来，竹片盖子碰到铝合金锅台，砰砰乱叫，狼藉一片。

我当时就有点儿火大，地铁站这么多商亭商贩，我还从没见过这样的横主儿。就在我要找她老板时，忽然来了两个乘客买包子，我便忍下了这口气，继续朝着执勤点位走去。

后来我才知道这位女店员叫徐英侠。当时我就想，这名字总算不辜负这个人的气势，多么霸气豪横！

没多久，徐英侠女士又跟顾客发生了争执。

这一回我终于有幸弄清楚了事情原委。原来早点铺除了包子之外，还卖豆浆。那豆浆是锅台上的一台豆浆机现磨出来的，再由徐英侠将塑料杯封好，递给顾客时多是温热甚至滚烫的。为了防止客人烫伤，杯子上印着小心烫嘴的温馨提示，但仍有不少火急火燎的客人“中招”。今天有一位乘客就嘱咐女店员，给他挑一杯不那么热的豆浆，徐英侠满口应允。

没想到乘客拿到豆浆后一嘬，皱了眉：“这怎么还是这么热的呀？我不是跟你说了要凉的吗？”

“这就是凉的呀！”

“给我换一杯。”

“你放放不就凉了！”

“你不是说这就是凉的吗？”

“神经病吧你！”

好家伙，仇恨值立刻拉满，双方就此开战。

我在派出所里用了足足二十分钟时间劝说徐英侠给乘客道歉。徐英侠一开始拒不低头，但眼见时间一分一秒地过去，生意是耽误不得的，也就硬着头皮认了㞞。乘客走后，徐英侠也要离去，还愤愤不平地甩出了句片儿汤话："哼，光说我不说他。"

这回我可不忍了，当面撑回去："乘客有错吗？你自己没挑好豆浆，要凉的给热的，差点儿烫了人家嘴，到底是谁不对？"

她止住了即将出门的脚步，半回头看了我一眼，然后低头搓了搓手，嘴硬地说："你又不是卖货的……"

"我是不是卖货的，相反我很多时候都是顾客，所以我只知道花钱，买到对的商品和服务就对了，大家到你那儿买东西不是找气生、找病受的，所以你卖东西要认真一些、客气一些，知道吗？"

"你又不是卖货的。"她满腔悲愤地往门外走，嘴里唠叨的竟然还是这句话。

我说："你站住。"

她很不忿地站住迎战："咋的？"

这时徐英侠的同事走进了派出所大门。同事是个矮矮的小胖子，见徐英侠来了派出所好久不出来，预感不大好，便过来查探情况。见我俩剑拔弩张，胖胖的男同事赶忙打圆场，一边哄徐英侠先行离去，一边又过来朝我点头哈腰地递烟。我说我不抽，小伙子又扯着我在门厅的塑料椅子上坐下，一口一个哥地叫着，说："您千万别跟她置气，她就是这么个人，我也天天头疼呢！"

我丝毫不掩饰自己的担忧："她这个样子，以后还不知道要惹出多大的乱子呢！"

"您多包涵，多包涵。"

小伙子好话说了一箩筐，我没道理不给他台阶下，便好生嘱托了一番，希望他平时能多以同行的身份感化徐大姐。她不是说了吗，我不是"卖货的"，我没有资格说她，但她的同事总可以吧！

小伙子满口应允，挠着头皮起身离开。

我坐在椅子上老气横秋地叹气，折腾了这么大阵仗，就是这么点儿破事，心累得好想退休哇。

小伙子可能是听到了我的叹息，扭头又看了我一眼，挥挥手又道："啊，民警大哥，我还是跟你解释一下吧。其实那些豆浆做出来呀，都是滚烫的，我们一杯杯接完、封好、码放齐了，手本来就热得不行，所以选的时候，难免摸不准温度，摸到相对凉一点儿的，就觉得这杯肯定已经放凉了，实际上不知道它还没凉透呢。"

我愣住了，一时不知说何是好。

怨不得呢，有时候看见早点铺的店员们会在几个手指上缠上橡皮膏，就跟弹古筝的乐手似的，原来是因为这个。我曾经在那么多个早上喝了那么多杯温热的豆浆，从来没有想到过，每一杯豆浆刚出炉的时候都是滚烫的，而那些店员，每天要触摸成百上千杯。

换作我，别说是根据温度来挑拣了，就是让我整齐划一地把它们码好，恐怕都要煞费周折。

所以徐英侠才会说我"又不是卖货的"。我不是她，怎么能理解她的辛酸？

晚上我佯装无事地溜达到徐英侠的商铺。这间商铺的老板是个人精，早高峰卖早点，晚高峰则摇身一变，改卖一些烧饼、花卷之类的面食。我过去时，徐英侠正一边在简陋的水池子边洗手，一边嘱咐身边和面的伙计不要把面发得太久。

她半回头看见我，先是一愣，旋即快速转身，浑身上下写满了警觉。

那如临大敌的样子有点儿搞笑。

我故意拿出点儿劲头儿，吆喝道："那个，刚出锅的有什么呀？"

她跟没听懂似的回不来神。一边的伙计答道："掉渣饼！"

"要一份。"

徐英侠回过神来，赶忙切饼抻袋，一套动作如行云流水，然后特有诚意地把成品递到我手里。看样子她冷静的时候，还是对我有所忌惮的。但我要的不是这种态度哇，你表现得这样纯良，让我怎么重拾上午的话题呢?

我抬手扫码，她说："不用给钱啦！"

我付完了钱，假装很漫不经心地瞥了她一眼："上午为什么不把话说完？"

"什么话哟？"

我一时不知道怎么形容，只能答非所问："下次呀，别一口气做那么多杯，又烫手，又容易乱，少做点儿，大家买的时候看见你都是现打的豆浆，也就没人挑烫不烫的了。"

她很认真地听完，脖子一梗："那说不定门口要排大队咧。"

我一听，也是呀！这小小的通道里要是站满了人，也够我们维持秩序的人喝一壶的。

见我一时语塞，徐英侠又嘿嘿乐了："我说着玩呢。我下次注意就是了。"她指指洗手池边的小桌子上放着的一只绿色小盆："下回我放一盆冷水，刚做好的就放里面降降温。盆我都准备好了。"

劳动人民的智慧呀。我忽然有点儿不好意思起来："没毛病。"

然后我才发现旁边的面点师傅早就停下了手中的活儿，正饶有兴致地看着我们。见徐英侠提到了盆，他朝我苦着脸说道："那是我放薄面的盆，让她劫走了。"

"薄面放哪里不行，你放在碗里嘛！"徐英侠登时横眉立目，紧接着一串外星口音从她嘴里狂飙而出。大师傅秀才遇见兵似的往后缩了缩，朝我投来求援的目光。我赶忙跟逃难一样离开了。

管不了哇。

但是想到那只挺可爱的小绿盆，我又不期然地笑出了声。

忘年冤家

我刚上班实习那年，地铁站有个大妈，胖胖的，大脸盘，总穿着一身黑不溜秋的衣服，戴一只红袖箍，走路外八字，瞅什么都挤眉弄眼，浑身上下都写满了“我不好惹”。

我猜这大妈的芳名一定是什么“李春兰”“赵秋菊”之类，霸气扬威，地气接得不要不要的。

果不其然，有一天她就跟我杠上了。

那天我快迟到了，跑到员工通道要进站，平时熟识的站务员小姐姐不在，我一把推开小门就要往站里跑，忽见远处飞来一个人，那阵势，跟个幽魂开了挂一样，刹那间就把我拦在了门里。

“你哪儿的？谁叫你走这儿的？”

我说我是盯这站的民警，我要去警务室。

大妈扬起三角眼，整个人如包公上身一样，又狐疑又深沉地用下巴点我：“工作证给我看看。”

我说我实习呢，没发证件，这站的站务员都认识我。

大妈对我私跨雷池的行径非常不爽，一脚踩在小铁门的门槛上，用伟岸的身躯拦住我，然后大喊着站务员来跟我对质。站务员在远处不明就里，在大妈的一再要求之下，只能穿越人流来解救我。

那时我刚上班，脾气也差劲，再加上着急换衣服上勤，心中对大妈十分光火："较什么劲哪！"

"你说什么呢你？什么素质呀？"

嗬，"较劲"是骂人的话吗？这也能上升到素质问题？就知道人妈爱上纲上线。而且瞅她现在这态度，根本不是例行公事，反而是要故意耽误我的时间。

"较劲，较劲，较劲，较劲。"我一生气，连说了好几句。

始料未及的是，她竟然哭了。两眼一眯，龇牙咧嘴。我的天！

那天的事儿过了后，我跟这大妈成了这座小小地铁站里一对天造地设的忘年冤家。她好像和我对班，我来她来，我走她走，每天打无数回照面，但从不说话。她的工作模式也很松散，有时候帮着乘客刷卡，有时候跑跑颠颠地帮站长传话。她的脾气的确暴躁，有时候会大声跟乘客争执一些车票问题，有时候会带着一脸大佬的表情，跑到站台上对着黄线里的乘客颐指气使。

总之，大妈无处不在，有时我进站的时候她在安检机处，我上个厕所出来，她又在洗手池子前洗手；我在站台上和她狭路相逢，刚走半截楼梯，又发现她站在转角处抠鼻子。

天冷时，她扫雪也是一绝。那时候我们帮着站里清扫，就看这家伙如同二师兄一般，扛着一只大扫把，歪七扭八地就出了站口。嘴里狂吐白气，胸口像鼓风机似的剧烈起伏。但凡她清扫之处，周围飞沙走石，别说雪了，连乘客都没了。

后来有一回差点儿又和大妈发生接触。那次我下班，想打个车去别的地方办事，身上没现金了，想着管站务员小姐姐借十块钱。小姐姐很快把钱给我拿过来，又补上一句：“管大妈借的，我这儿也没钱。”我顺着她的手指一看，大妈正站在厅中央，跟个巡视员一样巡察着四周。

“别说借给我的。”

“……我知道。”

没想到话刚出口，就见大妈忽然鹰一样地看着我。真怕她发现后，飞也似的过来，一把把钱从我手里拽走。

好在没有。第二天我上班就又碰见了大妈，本想直接把钱还给她，但实在没能鼓足勇气，便灰溜溜地把钱交给小姐姐代为转交。

又过了几个月，我调换了车站，从此便没见过大妈。

转过来第二年开春，我去那座车站办事，听站务员说，大妈已经回家了。她有糖尿病，腿脚不灵便，早就不适应地铁站里的工作了。走下站口的台阶，我似乎仍能看见一个肥硕但刚劲的身姿，挥着大扫把在清扫积雪的场景。忽然发现，没了这个身影，这地铁站似乎也少了点儿什么。

冷风一吹，地上堆放的残雪释放出层层冷气。我忽然有点儿惆怅，其实有很多机会能跟大妈再说两句话的。虽说大妈泼辣骄横、小孩儿脾气，但我又凭什么要求人家如同圣母一般慈爱识大体呢？话说回来，一个挺糙的大妈，不管怎么说，至少还让人觉得挺靠谱的。

我可能少一个抱歉，抑或是一个谢谢。但我忽然发现，如果我很正式地跟她说出这些话，仿佛又不太适合她的画风。想要不违和，就应该在一个特别不经意的场景，“啪”地一拍大妈的肩膀，扯着嗓子来一句“大姐，那天对不住了呀，你可别记恨我，哈哈哈哈！”，或者“那天多谢大姐相助，大姐侠肝义胆、古道柔肠！”。她说不定就会翻着白眼邪邪一笑，从此化干戈为玉帛。

但似乎永远也不会有那么一天了呢。

此时正好有个站务员哥们儿走了出来，我向他打听大妈的状况。那时候我才知道，大妈是街道的志愿者，没有任何工资。

唉。

天桥梦

我们辖区有一座地铁站是地上站，外面连接着一处过街天桥，像钢铁巨兽伸出的一条长臂，下面是川流不息的公路。天桥很老，却异常坚固，再多的人走在上面，桥板也不会产生一丝晃动。据我们派出所的老师傅说，地铁站刚刚落成时就有这座天桥了，它几乎成了地铁生态链中一个不可或缺的环节。

有一阵子，我被派到这座地铁站工作。

但老实说，我不太喜欢这座天桥，总觉得它看似便利，实则台阶不少，而且伸展得过长，令人出站总要费一番周折。而且周围还老有小贩追逐商机，经常三三两两地跑到桥上摆摊。天桥不比马路，琳琅码放的各种商品经风一吹，保不齐就会往下掉，容易砸到马路上的行人。再加上有时候一些乘客会在摊位前挑挑拣拣，严重影响后面出站的人群，所以我有时候在客流高峰时段会去天桥上治理一下这些摊贩。

一来二去，天桥就成了我的重要活动范围。虽然后来在我的治理之下，摊贩们都退避三舍了，但有时候我还是没事儿过去溜达一下，呼吸呼吸新鲜空气之余，也能登高望远地获得一些放松。

时间一长，我发现每到晚上六点左右，天桥中央的栏杆边有时会站着一个中年男人，看上去文质彬彬，戴着一副似乎是七八十年代文人标配的大框眼镜，虽然两鬓有些斑白，头发却很茂盛，经常被风吹得有些凌乱。

一连好几次我都在那个时间点看见他站在栅栏边，痴痴地望着桥下的车水马龙。

马路上除了车来车往，什么都没有。

后来我一想坏了，这人不会是想轻生吧。地铁站的自杀事件我也处置过几起，虽说都是有惊无险，但想想其实都挺后怕的。那些人最初都是在站台上很愁肠百转地观望或者转悠着，最显著的特征就是漫无目的，独来独往，跟这个人很相似。

想到此处，我一度非常紧张，便走上前去问他需不需要帮助。那男人见身穿警服的我很戒备地问他话，显得有些不好意思："啊，没事儿，我刚出地铁，一会儿就走，没什么事儿。"

很多想自杀的人都这么说，然后趁你不注意，噌地往下一跃，到时候就什么都晚了。于是我佯装离开，走到站厅里偷偷望着他。

然而那男人确实也像他所说的那样，大概只过了二十分钟，就扭头离开了。

也许他只是一个不着急回家，想沿途看看风景的人吧。

后来又在天桥上看见那男人几次，他还是出现在那个固定的位置朝下面凝望，有时候双手还会很自然地搭在栏杆扶手上，看上去就像是一个刚刚走入乡村的支教老师，或者是二十世纪百货商场里扶着玻璃柜台的售货员。总之无论是哪种形象，都脱离不了那种普通到极致，甚至有些土里土气的气质。

我也就没去叨扰他。

只不过有一次和同事聊天，我无意间说起了这件事，对方忽然一语点醒了我。这个同事当时在另外一座每天客流量很大的地铁站执勤，经常能碰到很离奇也很狗血的事情，我一些所谓的新鲜见闻，在他眼里都是很稀松的鸡零狗碎，根本不值一提。他听到我这样描述那个中年男子，当即断定：

“哎呀，就是一个有中年危机的男人，下了班不想那么早到家，要么躲做饭，要么躲哄孩子，要么躲家务。嗐，反正这种人经常有！”

“真的假的呀？”

“当然是真的。那天我还遇到一个男的，下了地铁不出站，靠在站厅窗户边打手游，一玩玩了俩小时。后来一问他，他说每次一回家就看见媳妇脸红脖子粗地给孩子辅导功课，母子俩经常吵得不可开交，晚饭都吃不踏实，他实在受不了，就干脆晚点儿回去。”

我无言以对。脑海中那男人朴实安详的脸上，不禁笼罩上了几分心机感。看来越是其貌不扬的人，内心戏越多呀！

不过会是这样吗？我真是愈加好奇了。

下一班值班时，我又在天桥上看见了他。这天大风降温，他穿了一身黑色的风衣，领子里还缠了一条浅灰色的围脖。他手上戴着一副皮手套，手指中夹着一根香烟，正一边默默地抽着，一边和以往一样，朝着天桥下有些怅然地望着。

他余光好像瞥见了我，抬高一只手臂向我摆摆。

我不解其意地走过去，他把烟头蹭灭捏在手里，有些愧赧地笑了笑："是不许抽烟吗？不好意思呀。"

他看起来比我大了十多岁，反倒令我显得有些不好意思，一时不知道说什么好，顺势问道："我好几次看见您在这儿了，到底在看下面的什么呢？"

"哦，没啥，"他好像有些不知道怎么措辞，"半年前我家老太太没了，我见她的最后一面，就是在这个天桥上。"

"啊……"

好像是个悲伤的故事。

大家知道我喜欢听故事，尤其是普通人的故事。所以，我们站在微风轻拂的天桥上很自然地攀谈起来。

男人告诉我，他是上大学时来的北京，然后他发现，北京和他老家简直天差地别，尤其是这份繁荣，几乎和他幻想中的实现梦想的圣地一模一样。从此他为自己定下目标，就在北京扎根，哪怕吃再多的苦，也要在这里闯荡出自己的一番天地。

毕业之后他无比勤奋，最开始一边打工一边考公务员，考上之后上了三年平平淡淡的班，又辞职下海，跟几个老同学一起倒腾电子产品，在中关村卖了好长时间的电脑。再后来电商挤占市场，中关村慢慢不行了，他又做过保险业务员、房产销售员，还和人合伙开过健身房。那些年他在商海浮浮沉沉，虽然漂泊不定，但因为拼搏卖力，也攒了不少钱，有了属于自己的一套小房子。不久之后，他在这里娶妻生子，终于有了一份安稳的大城市生活。

男人有个弟弟，父亲过世后，母亲就在老家随着弟弟一起生活。他在北京逐渐站稳脚跟后，也时常把母亲接到北京来住。虽然家里房子只有五十平方米，但好在妻子温柔贤惠，从没把老人当累赘。两人甚至还合计，等他们再攒点儿钱，就换一所稍微大一点儿的房子，方便孩子做功课，也能更长久地照顾身体日益多病的老人。

说起男人的母亲，是个典型的苦命又坚强的劳动妇女。男人高中时父亲因为工伤死在了手术台上，母亲一个人靠在镇上做油泼面，把他和刚上初中的弟弟拉扯大，一直没有改嫁。少不更事的他那时候没觉得家里少个大人是多大点儿事儿，直到他自己成家立业，他才总在焦头烂额中感到不可思议：这个女人到底是凭着多大的毅力，克服了多么不可想象的困难，才凭一己之力，把自己和弟弟培养成人？

每每问及此事，母亲都远不似那些动辄告诉儿女自己有多劳苦功高的老人那样，而只是淡淡地笑着，用乡音未改的老家话轻轻说道："嗐，那时候养孩子不像你们现在这么辛苦，再说你们哥俩也争气，没让我操过心。"

真是这样吗？

他清楚地记得，高二时他跟同学打架，老师把母亲叫来学校训话，是母亲在走廊里跟对方家长鞠躬认错才令自己免于被学校处分；高考的头几天，他忽然发起了高烧，是母亲连夜跑到村里唯一有私家车的邻居家求爷爷告奶奶，让人开车把他送到镇上医院打吊针；弟弟放假回家自己在家做饭，不小心把小厨房燎着了，火势一度蔓延到邻居家，是母亲拿出家里存着的当年仅剩的一点儿父亲的赔偿款，给邻居家翻修了半间屋顶才了了事。

所以，年迈的母亲越是轻描淡写，他心里的愧疚就越是重若千钧。自己在北京有家有业之后，他没办法总回老家看望母亲，所以只能想着有朝一日把她接到自己身边长住，来换取一点儿心安。

然而这个计划仅仅停留在空想阶段时，母亲就突然去世了。心梗，特别突然，在弟弟家她自己的小屋里，睡着就没再醒来。

听到这里，我的心情跌落到谷底。原来至亲的离去，可以在撕心裂肺的告别中，也可以在一无所知的睡梦里。

办完母亲的后事，男人回忆起，当年母亲最后一次来北京，一家人准备坐在饭桌前吃晚饭时，男人忽然接到领导电话，让他去东北出差。爱人匆忙帮他收拾了行李，他胡乱扒拉几口饭就拎着箱子下了楼。下楼没走几步，母亲忽然在身后叫他，原来她给自己拿了顶毛线帽子，说东北冷，让他戴上御寒。

老太太舍不得儿子，非要送他到地铁站。男人当时心里还有几分不耐烦，母亲步履缓慢，他还着急赶高铁。到了天桥底下他说："您回去吧，这儿台阶太陡，您就别上来了。"

母亲说："好。"

男人飞快地走到天桥上，就走到现在这个位置时，下意识地看了桥下的母亲一眼，发现老人还站在那里一动不动地看着他，便挥挥手让她赶紧回去。母亲这才缓缓转过身，在夜色里深一脚浅一脚地走向归路。

"那是我最后一次看见她。她当时就是顺着那条路走的。"男人抬手指指下面，我看见宽大的柏油马路边，有一条深灰色的便道。便道旁边栽着一排杨树，此时秋意萧瑟，树叶大都成了黄色，在风中连成一片，像月下的麦田一样轻轻波动。

偶尔有一两个行人从便道上匆匆走过，平淡无奇，但男人的目光始终回不来。

随后他揉了揉眼睛，骂了句脏话，嘟囔着说："风真大。"

我难受得不行，想说几句宽慰的话，他却有几分局促地摆了摆手，像要逃离似的说了句："先走了，回见！"

想起一句话，其实这世上所有的劝慰，对方都先于我们一步领悟，因为他们才是真正想从事件中解脱的人。但是领悟了又有何用？灵魂不似四肢那般受控，习惯于接受我们总是迟到的内心的审视。有些劝解的话不说还好，说了反而徒增伤感。也许早已过了不惑之年的男人认为，站在这里听一个看似不谙世事的小青年给他宽心，不亚于伤口上撒盐的折磨吧。

相反我却很感谢男人能够袒露给我这段心事。它让我明白，离别之地不一定有繁花盛开，也不一定有诗和远方，可能就在我们脚下，便深深刻着某个人的抱憾终生。我们匆匆路过的时候，不知道错过了多少个心思凝重的脚印。

且行且珍惜。

← PART3

地铁站作家

有一天，我发现我们地铁站外的广场上来了一个新的摆摊人。我过去瞅了瞅，觉得那可能是我在这里工作这么些年，见到的最特别的摊贩。

这个人在卖书。

老实说，来过地铁站的摊贩千奇百怪，离谱到有什么卖金鱼的，卖狗的，算命的，哪怕他们兜售的产品和服务再离谱，也都不如这个卖书人给我的迷惑大。

这年头，竟然有人在地铁站外摆书摊？会有人买吗？

且不说早晚高峰的北京地铁挤得人们前胸贴后背，哪怕是四周有空间，恐怕大家也只会对着手机聚精会神。十年前，地铁里还有卖报纸的，现在，别说是报纸了，就是带地图的小广告都没了。这些年间，印刷品好像已经成了老古董，就像是谁也不会拖着一只镏金镶边的景泰蓝花瓶乘坐地铁一样，我甚少看见车厢里有捧着一本书埋头苦读的乘客。连苦哈哈的学生党都包括在内。

于是我走上前去，一方面想要看看这个卖书人到底在卖什么书，另一方面也要劝他把摊子摆远点儿，毕竟他离地铁口有点儿近，很容易影响乘客出站。

我走过去，发现那是一位身穿黑色西服的中年男人。男人戴着一副很有年代感的四四方方的茶色眼镜，头发梳成很平整的中分，面目平和，后背微曲，坐在一只小马扎上，双手很规矩地搭着膝盖。他面前摆着一块硕大的花布，布面上整齐码放着几摞书。

书的装帧都很简单，甚至可以说有点儿简陋。封面基本都是纯色打底，然后点缀一些花花草草或者落日斜阳，中间是用 Word（文字处理软件）中最常见的花式字体印上的名字。名字都很文艺，比如《××集》《××录》，放眼看去，封面既没有市面上图书的那种写满广告语的腰封，也没有花里胡哨的名家推荐。

若不是它们看起来都是崭新的，我真以为它们是男人从哪家二手书店淘换出来的二十世纪的旧书册子。

自认为经验十足的我在内心判定，这个摊位从货品到营销，几乎没有任何商业价值可言。怪不得从我刚开始注意男人，到我凑近观察的十几分钟里，他的面前几乎没有一位乘客逗留。

男人见穿着警服的我过来，一开始还是有些兴奋的："看看书？"

我摇摇头："您能不能离地铁口远一些呀？在这里有点儿碍事。"

坐在马扎上的男人仰头看我，茶色镜片上多了一层有些刺眼的反光："怎么碍事啦？我没妨碍别人。"

看来他真是第一次来地铁站摆摊。

我指指身边的地铁口："您看哪，晚高峰快到了，一会儿会有好多好多人从这里出来，您这个摊挡在这里，大家都得绕着走，不是影响到别人了吗？”

没想到话音未落，男人就抢道：“怎么叫都‘绕着走’？难道就没有人买我的书吗？你怎么那么肯定？”

“我不是这个意思……”

“你就是这个意思……”

男人不仅没有起身，相反还有点儿赌气地别过了头。

以往我处理这种事儿，摊贩们心怀不满的原因都是觉得我妨碍了他们做生意，但这种如此在乎自己商品“风评”的人我还是头一次遇见。看来这还是有几分情怀的摆摊人哪。

于是我蹲下身子，认真端详起了花布上的几摞书，发现了一个特征：书的作者都是同一人，一个普通得不能再普通的名字。我指着那名字问男人：“这人是谁呀？”

男人愣了两秒，旋即有点儿不好意思地答道：“我。”

我有些惊讶：“这都是你写的？”

他点点头：“是。”

仿佛一缕阳光掠过，男人的形象在我眼中忽然亮了几分，这是一个作家呀。

但是有哪个作家会来到地铁站卖自己的书呢？余晖消失之后，男人的样子反而比之前看上去更加落魄。

可能是见我迟迟不肯离开，他指着马路边花坛下的一块空地：“我去那里行不行？”

我说：“我来帮你。”

一切落定之后，男人态度缓和了一些，对我说：“谢谢。”

于是我跟他有一搭没一搭地聊了起来。在他的讲述中和我的想象里，我慢慢理清了他来地铁站卖书的历程。

男人说自己不算作家，但自己从小确实有当作家的梦。小时候家里穷，除了吃穿用度，家里只有一堆从爷爷那辈儿传下来的旧书。在那时候看来，这些书基本都是用来打发时间的闲书，比如汪曾祺写的杂文、李健吾写的剧本和沈从文写的长篇小说等，现在看来，这些作品无一不是传世经典。在男人的童年时期，那些书取代了他孩提时代应有的各种玩具和零食，成了他每天必不可少的伴侣。

但那时候他基本看不懂书中的文字，只是觉得在一册册有模有样的本子里印满密密麻麻的文字是一件非常上档次的事情。他抱着那些东西似懂非懂地看，上了中学才知道那些书的作者无一例外都是文学大家，能流传于世的那种。所以他那会儿就坚定地认为，如果自己也写一些东西印在书里，就一定能够成为被后世记住的大人物。

但是写什么好呢？他一个中学生，没有丰富的阅历，也没有厚重的学识，只能每天靠着天马行空的想象虚拟自己的“大作”。因为成天胡思乱想，他还总被同学们耻笑成神神道道的怪人。

本来这些只是一个少年在“青葱岁月”中的自我陶醉，但没过多久，社会上的热潮彻底把他推上了狂想的大船。那时恰逢九十年代后期，青春校园文学忽然盛行起来，很多所谓的少年作家横空出世，一时间成为现象级的潮流。

男人当时想，这不就是时势造英雄吗？

我应道：“你说的是韩寒和郭敬明吧？”

“没错，是他们那帮人！”他一下跟我有了共鸣，言谈间竟有了些手舞足蹈。

他说他至今记得报纸上描写的韩寒和郭敬明出书时的盛况，那些新闻就像是一阵阵烈风，吹鼓了他理想的船帆。他把他们的作品买回来，废寝忘食地读，一边崇拜一边批判，心情复杂极了。

看完别人的大作之后，他得出了一些结论，书写得是很好，但也并非自己遥不可及的那种好，只要自己肯努力，再有一些运气，自己不比他们差。

虽然没能成为被媒体誉为“80后”作家的领军人物中的一员，男人却坚信凭借实力，自己至少还有机会成为这个群体的后起之秀。苏格拉底不是说过吗，世界上最快乐的事，莫过于为理想而奋斗！

于是他把梦想付诸行动，开始了漫长的创作生涯。那时候还在上高中的他，自然而然地写起了青春小说。他以自己为主人公，书写了一个困惑少年的成长经历，书中有他和他的朋友们，有那个令他又爱又憎的校园，有曾经令他一鸣惊人的校运动会，有让他挫败沉沦的青春叛逆，当然也有一段让他无限憧憬事后又追悔莫及的苦涩爱情。

完全是属于他的故事。他写得酣畅淋漓，洋洋洒洒十几万字。完稿之后，他迫不及待地把稿子投给了当时很盛行的一个青春文学大赛评委会。在那个年代，如果能在这个比赛中崭露头角，就意味着一只脚已经踏进了文学圈，出版书籍和拥有读者就指日可待了。

听到这里我说：“我知道那个比赛，当年很火，我还给投过稿呢。”男人眼睛一亮，几乎站了起来：“欸，是吗？获奖了吗？”

我自嘲地摇摇头。

“唉，我也是。”

男人的稿件石沉大海，他并没有接到很多作家成名后接受采访时，总会提起的那通改变自己命运的编辑的电话。

少年时期的男人失魂落魄地游走在操场上，内心充满了失望和迷惑：自己明明写得那样好，为什么被那些评委和编辑无视了？同样是满腹才华，充满文学梦的中学生，为什么自己不能得到上天的眷顾？

男人不甘心，于是重整旗鼓，投入新的创作之中。

写作多多少少影响了学习，中考他只考上了当地一所很普通的中学。高中的三年里，除了每天必须应付的学业，他把精力都投入写作中。最初他写长篇小说，但是没有一部能够出版；后来他尝试写短篇小说和散文，陆陆续续地，得到了在一些报纸杂志上发表的机会。男人就像是得到了现在的流量密码一般，疯狂地朝这个方向努力，然而就在这个时候，高考来临了。

高考的结果还不如中考如意，他上了一个大专。

随后的三年里，支撑他坚持下去的念头只有一个，就是在毕业前，一定要出一本自己的书。男人把自己这些年创作的得意作品汇总起来，认真地进行了润色和分类，想找一家靠谱的出版社出版一本合集。但是无论他联系哪一家出版社，对方都先问他有没有出版经历。在得知男人没有一部属于自己的作品之后，所有的编辑都婉拒了他的稿件。

男人觉得自己陷入了一个悖论：没有处女作，就没有人愿意跟他合作，也正因这样，自己就永远都不会拥有处女作。他的失落背后，是暗燃得更为滚烫的无限希望，最终他选择了自费出版那部作品。“喏，就是这本。”他指着面前的一摞书，书的封面是一处鲜艳的草坪，上面有几朵鲜花和几只萦绕飞舞的蝴蝶。书的名字文艺极了，一看便知是经过了他浪漫而刻骨的长久思考。我拿起那本书翻了翻，又指着其他几摞书：“这些呢？”

男人苦笑着：“这些都是后来出的，也是花钱出的。编辑们都说，即便有了作品，他们也要看销量，我就想着，一本书的销量不行，我就多出几本，万一有哪本成了畅销书呢。”

十年间，男人毕了业，有了一份普通工作，又结婚生子，奔波忙碌间，书不怎么写了，生活也归于了看似波澜不惊的平淡。只不过当他偶尔看到家里阳台上、衣柜里成堆码放的自己出版的图书时，心里又有那么一瞬，像是在荒芜的沙漠中发现了闪闪发亮的一捧金，滋生出了带有万般幻想的躁动。

然而，沙漠中的金子又如何呢？终究是聊以自慰的身外之物哇。

妻子首先受不了了。孩子的玩具、生活的琐物早已让家里变得逼仄，某日她一边大汗淋漓地收拾房间，一边给男人下了最后通牒：把这些书想办法处理掉，如果还是这么满坑满谷地堆着，她就撮堆儿卖给楼下收废品的大爷。

原来他就是这样来地铁站卖书的呀。我和男人对视了一秒钟，互相都没忍住，笑了。

出站的人群渐渐稀了，华灯初上，地铁口呈现出温暾的橙黄色。

男人喝了一口身边保温杯里的水，嗓子恢复了一些清亮：“你说得对，谁会在地铁站买书呢？唉，真是一本也没有卖出去。走啦，到点儿啦，该回家做饭了。”

他站起身，忽然很认真地对我说：“没想到你一个警察，竟然愿意跟我聊这些酸腐的文学话题。”

我低头不语，把手伸向了他的一本处女作：“这本我要了，给我签个名吧。”

“好！送你了！”他大笔一挥，在扉页上写下自己的名字。

在我的坚持下，还是扫码付了钱。

他倒显得有点儿不好意思了：“您真的喜欢看这种散文集吗？”

我特别认真地点头：“是！”

他乐了："谢谢！没想到警察也喜欢看这么文艺的书哇。"

随后他把地上的大花布和几摞书快速打包成了一个大包裹，塞进了一只很大的行李袋中。然后他肩扛着行李袋，有些笨重，又很礼貌地跟我挥了挥手，慢慢走向了傍晚的车水马龙中。也许是肩上的袋子太重，他一深一浅地走了好久，背影在人潮中依然清晰可辨。

轻轻翻开男人的处女作，看到第一页有这样一行字：

"白日莫闲过，青春不再来。"

忽然有种很直接的感受，梦想这东西，可能和我们最爱追求的财富一样，得不到才是最美好、最纯粹的。哪怕等到我们两鬓斑白之时回想起来，也始终能触摸到一根若有似无的细线，跨越时空地连接着我们英姿勃发之时，身体里最炽热的那股脉搏。

想到此时距离我上大学时自费出第一本小说，已经过去了整整二十年，我忽然有点儿热泪盈眶。

我掩护过的『作案人』

我们地铁站原先有个鸭脖店，女店主麻利泼辣，有一年暑假把十岁的女儿接到了店里帮忙。

鸭脖店早上还卖茶鸡蛋。小女孩儿就负责茶鸡蛋的装袋、找零。她总爱穿一身小白裙，两手各戴一只银镯子；她皮肤有点儿黑，但眼窝深、眼珠圆，别人一拿正眼看她，她特羞涩地半低下头，一看就是那种在学校受了委屈也不敢告诉老师的类型。

但她妈——那个女店主是个有点儿强悍的生意狂人。我曾见她一下午卖出过半个柜台的麻辣鸭肠，除了叫卖疯狂，还热火朝天地搞促销，什么买赠，什么打折，什么试吃，在店里上蹿下跳，极其牛。我一直觉得那是一个能成大事的女人。

所以，她训导闺女也是一丝不苟，总是有种家族大佬对继承人恨铁不成钢的口吻。“这几块钱算不明白，学费都交给鬼了呀？”

“喏喏喏，先捞颜色深的记不住哇？”

“哦唷，要疯啦？你直接拿手去掀锅盖？”

小女孩儿每次都唯唯诺诺地领旨，扭过头又去犯另一个低级错误。实话实说，她脑子是不快。有时候算账糊涂，有时候又不知神游到了什么地方，两眼盯着对面的车水马龙发呆。当然这种状态一般都是被母亲大人一声怒吼终止，然后她一般会老气横秋地出口气，又继续她悲催小童工的生涯。

有天中午我出门办事，发现小女孩儿在我们派出所旁边的小院里站着。那处小院原本划作停车场，但因为空间实在太小就一直没有投入使用，后来野花野草长了一堆，满是蚊蝇，大家都避而远之。我有点儿奇怪，走过去一看，发现原来是一只大野狗在小院里产了崽，被我们厨子收养，没事儿拿剩饭喂喂。小女孩儿不知从哪儿听说这里有小狗，就来先睹为快。

我看看她，她也看看我。但她马上又如平时一般，赶紧把目光落到别处。我敢说，如果我不是民警，她肯定撒丫子就跑。

我逗她：“要不你抱走一只得了。”

她摇摇头没言语。想来我还没听她说过除“买什么”“有零钱吗”“不客气”之外的话呢。

她盯着几只蠕动的如同小肉球似的狗狗和那只被吮得骨瘦如柴的大母狗，用食指搓着下巴，忽然说了句：“我能喂它们吗？”

“行啊。”

她高兴极了，蹦跶着就出了院子。

我出门后走到广场上时，再次迎面碰见她。她手里攥了一小根鸭脖子，或者是鸭头之类的东西，可能是怕她妈发现，攥得特别紧，小碎步也迈得特别快，跟特务接头似的。

我俩对了一下眼神，没再交流。但我发现她憋着特别大的笑，稍一绷不住就大笑那种。我觉得逗极了，喂喂狗就能美成这样，小孩儿的世界真奇妙。

后来她几乎天天来喂狗。有时候是拿几根剔了肉的骨头，有时候是拿鸭脖鸭肠，乐此不疲，尽心尽力。我发现她一般都是中午来，好像那会儿店里生意松快，她妈管她不太严。有时候她会定在院子里看半天小狗，但她也不敢摸小狗，好像怕碰坏了什么珍品让赔似的，只是远远地投食、观察、偷笑。那个夏日里光照充足、青草遍地的小院好像成了小女孩儿的私人王国，在那里面她是唯一的公主，还有一只忠心耿耿的大狗仆人和几只小狗喽啰。冲她那美样，我敢打赌让她这么过一辈子她都乐意。

但没过几天，我们厨子怒了。厨子在楼道里问："是谁没事儿老拿肉和骨头去喂大狗？它现在馋得都不吃剩饭了！"

我假装不知道，背着手假装悠闲地从他身边经过。

又过一天，厨子又声讨了："谁喂它鸭脖呀？狗不能喂这么咸的！"

我去小院里看了看，发现大狗身边净是吃剩的骨头。它这么爱吃，想必小女孩儿家鸭脖的味道很正点。几只小狗脑满肠肥，想必大狗的奶水充足，身体结实。小公主的国度一片和谐，蒸蒸日上。

"狗不能总喂鸡骨肉鸭骨头！"

"到底谁喂的？"

反正我啥也不知道。

大母狗依旧成天美吃美喝，厨子依旧找不到"作案人"。厨子后来放弃了，猜测大母狗可能找到了大金主，再也看不上剩菜剩饭了。于是每每把剩菜剩饭放到母狗身边，数落一通嫌贫爱富的话，然后悻悻离去。

就这么过了一段日子，有天我值班，傍晚忽然发现小女孩儿进了院子。我有点儿奇怪，这不符合她的作息呀，于是跟进去问怎么回事儿。

女孩儿说她快开学了，得回老家了。

我说："哦。"心想好遗憾哪。

然后我抱起一只小狗，让她摸摸。她喂了这么多次，好像还没摸过小狗呢。

她使劲盯着小狗，看着那只被她鸭脖下的大狗的奶喂大的小生命，特别小心地摸了一下，然后跟触电一样赶紧把手缩回去。

然后，她使劲笑了笑。

"抱回去一只养着吧。"

她还是摇摇头。她使劲盯着地上几只小狗，特别专注，好像要把它们全方位扫描成 3D 影像，存储到记忆深处。我心想是呀，这八成是她这辈子最后一次看这几只小狗了，这也算是一场深刻的告别呀。

…………

果然到了九月，小女孩儿就消失在了鸭脖店，只剩下她妈还在里面生龙活虎地做买卖。女孩儿走后，几只小狗很快从小肉球长成了大肉蛋，一只赛一只壮实。它们在小院里左爬右爬相互打滚，有时候还会嗷嗷尖叫，不知道是不是在想念一条曾经经常在它们面前晃悠的小白裙。

直到现在，我还经常想起那个夏天，暖暖的午后，一个小身影蹑手蹑脚地走到小院门口，轻轻一闪钻进门里的瞬间。院里树影斑驳，几只嗷嗷待哺的小狗像人一样露出了狡黠的笑容。

快递小哥

去年我认识了一个快递小哥。

小哥很能干，我们派出所在地铁站夹层里，仿佛汉堡包中间的菜叶子。好些快递员找不到，唯独他来得顺溜。

我对他视若珍宝，赶紧说：“给我留个电话，回头我寄快递就找你呀！”他很骄傲地抬了抬眼皮：“嗯哼。”

但接触多了，我又发现他有点儿二乎，经常有一些宛若智障的失误。

比如电商献殷勤，会在买家名字后面加上“大帅哥”“大美女”的尊称，他也不管三七二十一，到了前台就喊：“王！红！大！美！女！你的快递！”

姑娘恨不得提着大刀出来签收。

比如封盒子，别家的快递员嘁里咔嚓很快能缠好，他是不缠成粽子不罢休，好像打死了卖胶带的。

比如门口停车，非上坡他不停，一溜车就是十几米开外。

每回看他跟越野似的颠簸启程，我都想，妈呀，幸亏这车里没坐着孕妇。

第一次和小哥的“非业务接触”，是有一回他突然给我打电话。当时我正值班，以为来快递了，接起一听却是他的远程求助：“马哥呀！我在 ×× 路跟一辆小面包碰一起啦！他说是我全责，他会不会坑我呀？”

听他具体形容完我也有点儿蒙，只能给交警同学打电话咨询，然后帮他解惑。

第二回，这大哥又在某个城乡接合部迷路了。给我打电话，我说：“哥，你开导航啊！”

大哥说：“我 2G 网络呀！”

没办法，我打开手机帮他定位，问他：“你周围都有什么？”

“一个妇女在卖馒头。”

“……”

后来小哥再给我打电话，我基本上再也没有了那种将迎快递的欣喜，而是发自内心的恐惧：他又搞什么飞机？

昨晚我正在奶奶家吃饭，刚要下筷，他的电话打来。

“马哥，这回可坏了事了。”

“怎么了？”

“我把人家快递弄丢了，现在人家要报警！”

“没事儿，你这又不是故意违法，赔点儿钱，下次注意——你把人家什么弄丢了？”

“身份证。”

“……”

想起前几天一个新闻，快递员因为送件争执被客户打到医院里，我赶紧劝他：“不管怎么说都是你的不对，千万别跟人家吵，不行就让公司出面，你可别一时冲动啊。”

他完全没了往日的快言快语，说话都是带着哭腔：“可是公司知道后一定会处理我的……”

我说：“那也没办法呀，身份证也不是你私下能赔给对方的。好好跟对方解释解释吧，一定别干架呀。”

一会儿他又给我打电话：“马哥我去派出所了。”

然后就失联了。我想：完了，小哥这回算是要彻底告别快递行业了。

唉，早就跟他说少接点儿单子，忙中出乱，捅了大娄子，让人惋惜。

那顿饭我也吃得索然无味。

饭后，小哥又给我打来电话。我赶忙问怎么样了。

“没事儿，哈哈，客户没为难我，去派出所也是客户准备补办身份证，让我证明确实是证件丢了。马哥，我继续去跑下一家了啊！”

我赶紧说：“你可仔细着点儿吧！”

“嗯哪！还是好人多呀！”

他又恢复了往日的快活，破涕为笑。

真好。

老男孩儿的少年心

刚上班时，我遇见过这么一件事。

一大哥很晚来到我们派出所求助，说自己手机和钱包丢了，想跟我借两块钱坐地铁。

我当时有点儿奇怪。人丢了手机，来到派出所肯定先是报案哪，至少是询问一下能不能调监控啥的，而这个大哥却只是很羞涩地借钱坐车，心也忒大了。所以当时我严重怀疑他只是来诓钱的，并没有丢手机。

“东西丢哪儿了？”

“……”

最后他才支支吾吾地说，丢在网吧了。

他说自己本来当天应该加班，打电话跟老婆说完后，领导忽然又说不要加班了，让他回去。于是他晚上就空出了大把的时间，他回家的路上，无意间看见了一个电竞比赛的视频，忽然热血沸腾，心想反正也不着急回家，干脆去网吧爽一把。几小时之后他离开时就把包落在了座位上，再回去包就没有了。因为去网吧的事儿不敢让老婆知道，所以他也不敢让她来派出所接他。

我心想就这事儿啊？我以为嫖娼被仙人跳了呢。

我说："您也太逗了，就因为瞟了一眼视频，就奔网吧去了？那您要是看个登山视频，还不奔珠穆朗玛峰去呀？"

大哥笑了："我忽然想起了当年在大学里，我们兄弟四个熬夜联网奋战时的景象。激动了，一时没有忍住。"

这件事我记了很久很久，直到现在。

当时觉得难以理解，现在回想起来，多少有一点儿感动。

很多人总是感叹年华易老，可我总觉得青春从未离去。就像这位大哥一样，哪怕被生活和工作压得喘不过气，早生华发又面目油腻，内心却仍给年轻的自己留下了小小的一隅。

我现在能够隐隐察觉到他当时去网吧的冲动。那劲头，应该有点儿像喝了两口，又不太高，忽悠忽悠地想找找某种久违了的良好感觉。如果仔细琢磨一下，这感觉的氛围里应该有昏黄的日光，悦耳的欢呼或是低微的细语，老旧的汽笛声，潮乎乎的雨季。我不信这么形容你没有共鸣，因为哪怕我们的青春不太一样，它们都会以大同小异的形态在我们的心里蛰伏。

岁月其实挺狠的，让我们奔波劳碌，让我们忍受和臣服，把我们搓磨得没了一点儿棱角。但也正因如此，少时的轻狂和无畏，我们才不忍舍弃。那是我们生命中，最美好珍贵的时光。就好像我们与生俱来的一颗宝石，走夜路时为了不被强盗发现，我们把它深深揣进怀里，再也不敢拿出来。

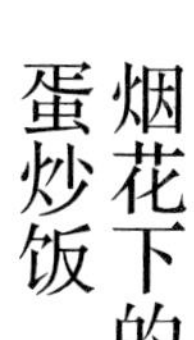

烟花下的蛋炒饭

有一年过年我值班，凌晨三点多接到报警说有人不停地拍地铁站厅大门。经验告诉我，又一醉鬼大人闪亮登场。

果不其然，是一位满嘴酒气的中年男子。男子穿着大棉猴，拎着两个行李包，形象上有点儿像落了难的李达康[①]，就称呼他为康哥吧。

康哥两点多钟就来到地铁站广场了，广场上灯光寥寥，他身下连个影子都没有，于是每过一会儿，他就去拍已经关了的大门，直到最后停不下来。地铁站至少要五点开门，我让他再等等，要不然就跟我去派出所。

康哥打了一个酒嗝，手在空中乱七八糟地比画："我又没犯事，去派出所干啥？"我说："那你再等等，一个多钟头后就开门了，别

① 电视剧《人民的名义》中的人物，一位正义无私的市委书记。

乱拍了！”

不知道哪里传来了“咚”的一声爆竹响，康哥吓得酒醒一半，连连宣誓：“我错了，我不拍了！”

我就回去了。

半小时之后，站务员又打来电话，告诉我们康哥还在拍门。

“啪啪啪！”“啪啪啪！”好像王雪琴又杠上了傅文佩[①]。

我有点儿恼火：“你不是说不拍了吗？”

康哥说：“我想买早饭吃呀！”

“你不刚喝完吗？”

“再吃点儿，好赶路回家！”

“站厅里又不卖早点！”

他跟打猎似的四处乱瞄：“那哪儿有？”

我看了看，广场上啥也没有。面包房和商亭早在半个月前就歇业了，摊煎饼的胖大姐和卖灌饼的小夫妻也早就回了老家。曾经水泄不通的存车处只零零星星存着几辆残破的自行车，老张卖水果的板车停在里面，已经好几天没挪过窝了。

这个节日这个点儿，要是忽然冒出一个灯火通明的早点铺，恐怕才是见鬼呢吧！

康哥很失望。他在风中努努嘴，说：“我要进去。”

我怕他继续拍门，跟他聊了几句。

康哥告诉我，他要回老家。去年他新得了胖孙女，还没来得及去看呢。他在北京一个农业大棚务工，负责拉货、喂锦鲤、给盆景喷水。金鱼和盆景都离不开人，店主问工人谁能晚走，给加钱。康

---

① 王雪琴、傅文佩是琼瑶长篇小说《烟雨濛濛》和电视剧《情深深雨濛濛》中的人物，二人分别是陆振华的第九和第八个妻子。

哥眼珠一转，反正除夕之后走票好买，路上还舒服，干脆接下这一票。这不，明早别的伙计来接班，他就美滋滋地收拾了行李，又喝了两口小酒，心潮澎湃地跑来地铁站啦。

我用认可的眼神看他："不错。"

偷偷看表，离开门还有一会儿呢。

康哥说完自己的各种历程，又回归本质："我要买早饭。"

我说："那我给你弄早饭，你可答应我不许拍门！"

"拉……钩！"

"你等着。"

回到所里副所长问警情解决没，我说了这情况，领导说："后厨还有点儿炒饭，给他盛点儿吧。"

我盛了一盒炒饭，还放了几根咸菜丝。我端着炒饭穿过广场，走得快极了。真怕一阵风把米粒都吹我脸上，或者碰见群众议论我："哎哟，这警察是不是梦游呢？"

康哥在地铁站台阶上看了看，做了一个捋胡子的手势，接过来说谢谢，然后小小地吃了两口。从他的表情我看出来，他对我们大厨的技艺颇有微词。

"北京的最后一顿了！"

这会儿马路对面突然有人放起了烟花。红红绿绿的焰火划过天空，康哥脸上的鱼尾纹、法令纹、抬头纹也都变得红红绿绿起来。

康哥放下炒饭，认真看那烟花。

笑了。

山西和慧茹

我刚来我们地铁站时，一直想给站外的摊贩和黑车司机立立威，让他们别老跟马蜂似的骚扰乘客。有一天，他们又一股脑儿挤到出站口叫卖，被我一网打尽。

带回所里召开思想整顿大会！

过了一会儿，一个挺秀气的大姑娘跑来找我，说我抓错了人，把她老公抓进来了。我说你老公谁呀？大姑娘抬手一指，我发现墙角站着一个黑不溜秋的瘦男人。男人半弓着身子，好像水底一只夺不着食的虾米，讪讪地眨着眼睛，又有点儿贼乎。

我问：“你是卖什么的？还是黑车司机？”

他还未答，就听众摊贩一阵哄笑：“他是大傻子！”

后来我才知道，他是给地铁车场抬杆的保安。因为是山西人，大家都叫他山西。大姑娘是他媳妇，叫慧茹。山西有时候会被门口的黑车司机蛊惑去站口为他们揽生意，慧茹则在不远处的商亭里卖货。

我也是俗人，也会有一个很世故的疑问：山西其貌不扬，又傻气呵呵，怎么能找到慧茹这么一个体面媳妇？后来才知道，慧茹家里穷，最早出来打工时碰到人贩子差点儿被拐卖，侥幸逃脱来到北京，身上连证件都没有，只能打打零工，后来就跟那时候也打零工的山西认识了。山西虽然人傻，但从不骗慧茹，慧茹就跟了山西。

不仅领到了好人卡，漂亮媳妇也没落下。这家伙真是傻人有傻福哇。

山西傻成啥样？仔细想想其实也都无伤大雅，只不过偶尔犯犯二，被地铁口的好事精们一煽呼，就成了名副其实的大傻子。有的黑车司机让山西帮着叫活儿，说叫够多少回就按比例给他提成，但山西不大会算数，每回都是糊涂账，黑车司机就拿一包廉价烟糊弄他，他还千恩万谢。有的人还很爱开慧茹的玩笑，比如叫山西去玩牌，山西有时候不去，他们就会说：怕把媳妇输给我们哪？有时候进车场的人因为抬杆问题跟山西较劲，他们就会说：叫你媳妇去跟人家聊聊哇，公关一下嘛。

我还提醒过山西，保安也是正规军，别老跟那些坏事篓子混一起。山西眯眼笑得得意极了，好像在夸他左右逢源一样。

“没跟你逗，人家把你当枪使你还不知道呢！为了一盒破烟就把自己卖了。”

“那回头我也做点儿小买卖。保安挣钱太少了。”

后来山西和慧茹经历了一段动荡而尴尬的创业阶段。山西一开始倒腾水果，很快败给通勤问题。他就一辆小三轮车，平时载着媳妇上下班，听说他用这车上货时，人家批发市场直接跟他说：“我们不卖零售。”

后来慧茹还经营过小吃。我印象中好像是烤冷面。烤冷面其实本不是什么高端料理，无非就是一张面饼横七竖八地切几刀，撒撒葱淋淋酱，插上牙签万事大吉。慧茹虽说不是笨虫，但显然也不是巧匠，折腾了半个月终于学成了手艺。我还买过一次她亲手做的烤冷面，当时是觉得别人卖的吃惯了，想图个新鲜。那一阵儿正好流行《舌尖上的中国》，我品味着慧茹的烤冷面，在黑夜的地铁广场上寂寥走去，差一点泪流满面。

太难吃了。

怎么形容呢，好像吃到了外星烤冷面，奇怪极了。要不是有慧茹以往的印象分顶着，我真想去退钱。

很快，慧茹的摊子也撤了。他们又继续了保安和商亭售货员的模式。有一天晚上我看见山西喝多了，趔趔趄趄地往前走，慧茹在后面扶着他。看样子山西真是一根筋地憨傻，即使是酒精麻痹，也不会壮了屃胆瞎折腾。我悄悄地跟在他们身后，看着他俩一个歪七扭八地走着，一个歪七扭八地扶着，相顾无语，又寸步不离。直到看见他们上了三轮车，慧茹骑车，山西在后面四仰八叉，看着天上的星星，像是一个小学生沉浸在天文馆的穹顶下。

很快到了夏天。有一天下大雨，我站在站口的台阶上执勤晚高峰。当时雨很大，不少摊贩拿了雨伞来卖。本来我想轰轰，后来一看有不少乘客都着急出站，买一把也挺方便的，就暂时没管。

然后，我看见山西在小门房外面蠢蠢欲动。

果不其然，过一会儿慧茹不知从哪儿搬来了一盒子雨伞。山西如获至宝，带着慧茹也凑到了站口吆喝。但因为他们站得太靠外，混在了擎等着雨停也不想消费的人群中，半天一把都没卖出去。

“这大傻子。”我摇摇头。

一大拨乘客出站，山西往后一退，整个人忽然摔倒在水坑里。慧茹赶紧上去扶。

山西坐在水坑里沮丧极了，一时懒得起身，噘嘴跟慧茹说着什么。

慧茹扶了他一把，他还是不起来，看来是闹脾气呢。慧茹沉了一秒，把手伸到水坑里，使劲往他脸上一撩，山西下意识捂脸，再一睁眼，慧茹已经笑嘻嘻地跑开了。

山西把雨伞扔在地上，爬起身来笑着去追慧茹。

嘻嘻哈哈，哈哈嘻嘻。

雨幕之外，天空虽然还是灰色，但竟然猝不及防地出现一道彩虹。

『Biu!』

有一次，我在地铁安检机附近执勤。

我看到一对夫妻，带着一个五六岁的小女孩儿进站过安检。三口人好像是来北京旅游的，大包小包挂一身，连小女孩儿都背着鼓囊囊的小背包。夫妻俩可能是晚育，两人看上去都四十岁左右了，尤其是男人，两鬓已经有了不少白发，可能因为行李太重了，他把背包放在传送带上时大口喘着粗气，脸上的口罩因此起伏不止。

三口人刚过了安检，安检员就拦住了他们，说他们背包里疑似有枪状物，要拿出来检查确认一下。一家人很奇怪，凑在安检机屏幕前集体皱眉查看，最后才得出结论，可能是女孩儿背包里的一只小玩具。

他们七手八脚地把女儿的背包卸下来，掏出了一堆零零碎碎的玩具，最后才把那可疑物找到，果然是一支巴掌大小的塑料玩具枪。确认无误后，男人的老婆一边给女儿重新收拾东西，一边数落男人：

“我就说你吃饱了闲的，没事儿给孩子买它干吗？一个女孩子家家玩什么这玩意儿，还不够添乱的！”

男人拿着那小玩具枪，站在一边无言以对。女儿在旁边看着老爸尴尬的样子，幸灾乐祸地嘻嘻一笑。

老爸看了女儿一眼，攥着那小玩具枪，朝着脚下地上的一个角落，坏坏地闭上一只眼睛，边瞄准边说：

“Biu！”

与此同时，胳膊夸张地往上一抬，做出有很大后坐力的样子。

女儿被逗得直乐。

不知为何，下班之后我脑子里一直回闪着这个画面。两鬓斑白的男人，眯起的一只眼睛和延伸到口罩里的鱼尾纹，那样生动，那样好玩，那样自由。

岁月看似无情，却是人间最大的公平。其实仔细想想，作为一个肩负着太多东西的成年人，在为生活奔波劳累的途中，我们是否也会有这个男人一样灵光乍现的一瞬间，隐隐约约地回到了曾几何时，自己还是奔跑在斑驳树荫下的追风少年的那一刻呢？

烤肉味儿的挂面

一天我执勤完了，去地铁广场的商亭买水。买完之后，我看见旁边一个小伙子买了包干脆面。小伙子大大咧咧地撕开包装，抽出调味料皱眉看了两眼，随手弃如敝屣，然后嘎吱嘎吱嚼着面饼扬长而去。

商亭有个小伙计，偷瞥到这一幕，跟大变活人似的突然从柜台下面钻出来，一探手捡起调味料，如获至宝地拍拍上面的土，揣到兜里一猫腰又钻了回去。

我才想起这小伙子中午最爱吃的就是清水挂面。他家商亭的小仓库兼休息室我去过一次，里面堆满了一簇簇的挂面，窗户外面还经常挂着水淋淋的青菜。圆生菜、菠菜、小白菜选秀一样地挂在铁丝上，阳光一照，折射出的颜色都是翠绿的。他们把里面最水灵、最支棱的挑出来，叠好码平，以备做鸡蛋灌饼时有乘客需要。剩下的，就被他们搜罗进小筐，就着滚烫的铝锅水和氤氲的蒸汽，与挂面们懒洋洋地缠绕在一起。

他们甚至不炸酱。因为炸酱的味道浓厚扑鼻，哪怕是腥腥鲜鲜的鸡蛋炸酱，也会让人毛孔一松，鼻子不期然拱一拱。但我从来没有闻到过这些味道。有一次我买烟，小伙子说店里没有，带我来他们这个库房拿，我看见他们的窗台上摆着两个老干妈的瓶子。还有两个罐罐，好像也是什么酱，和半袋子盐、味精什么的冷冷地静默在一旁，一点儿也没有烟火气。

但就是这样做出来的面，小伙子经常吃得很开心。

也许，他今天的挂面是烤肉味儿的。

小伙子是安徽人，几年前就过来了，仿佛只是一团会干活儿的空气，可能是我们地铁站最没有故事的人了。他经常双手套着大套袖，要么四平八稳地摊着一张嗞嗞乱响的鸡蛋灌饼，要么撅起屁股使出周身力气给顾客从纸箱子里艰难地拔出一瓶矿泉水。每每夏天到来，他会戴上一顶小遮阳帽，认真地码放冰柜里的各种冷饮。他不笨，不贫，没有小情绪，不多管闲事，商亭的老板很喜欢他。

唯一一次听商亭老板谈到他，那老板腆着一个大啤酒肚，笑纹堆了一脸："那孩子，是个实在人哪！听说在攒钱买个电动自行车呢！"

哦。

我见过他现在的交通工具。是一辆脏兮兮的电动三轮车。他每天拉着一堆货物骑过来，电动三轮没动静，有时候他会突然出现在某处，你再一眨眼，货物已经被卸了半车了——你再一眨眼，说不定他人都跑到柜台里做上扫除了。我猜，他骑上自己的电动自行车肯定更"飒"。那辆电动自行车一定是黑色的，会被他擦得油光锃亮，上面也不会杂七杂八拉一堆散着老油味儿的货品。保不齐后座上会坐着一个姑娘，他们在某个不需要计算柴米油盐的日子，迎着甜甜的风，顶着白白的云，忽忽悠悠地行驶在北京近郊的某条小路上。他们会在路边摊吃上一碗酸辣粉，会在早市上挑选一条美丽的花裙子。谁跟他说这不叫幸福他就跟谁急。

也许就是为了这样的日子，他这样勤勤恳恳，像林妹妹进贾府一样，不肯多说一句话，不肯多行一步路。

我感觉我俩应该同龄。虽然我没问过他。

我跟他说过的话，除了“来张灌饼”“来瓶水”，就是“码扫完啦”。

那天晚上，我看他一个人打点完店面，又骑着破三轮车孤零零地离去，我忽然有点儿感动，觉得这个人好像发着一股微小、透亮、纯粹又大隐隐于市的光。

也许当你发现你从未在意的东西或事情，在别人眼中视若珍宝，甚至视作希冀的时候，你才会理解我的感受吧。

虽然并没有发生什么，只不过是我们门口的小店员捡起了一包调味料。但不知为什么，我鼻子周围总是环绕着那种微微呛鼻又充满希望的调料味。

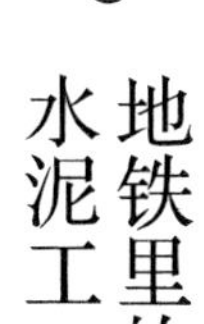

地铁里的水泥工

有一天我推开警务室的门，发现脚下躺着一个人。

我头皮嗖地一麻，差点儿就用手台叫增援了。

后来我才知道，脚下躺着的这个人，既不是犯了心脏病或者羊角风的乘客，也不是喝多了找不着北的醉鬼，而是一个普通的水泥工。

我们这座地铁站最近正逢装修改造，很多工人都会在站厅里穿梭忙碌。他们有的手提电钻，有的拎着梯子，有的拖着长蛇一样的电线，哪怕是夜晚临近收车，也依然热火朝天地忙里忙外。

我脚下这个躺得四平八稳的大叔就是其中一员。不躺平时，他手中经常攥着一把小铲子，哪里需要填钉子洞了，或者需要抹墙了，他就跟小鸡啄食一般颠儿颠儿地过去。不忙时，逢着中午休息，他会在站厅里找一个凉快角落，枕着两本旧杂志或是一坨旧衣服在地上小憩。

于是警务室门口，那块在我看来永远晒不着太阳的鸟不拉屎的地界就成了他的风水宝地。他一得闲就会偷偷过来，屁股往下一坐，身子往后一挺，眼一眯腿一蹬，分分钟就能打上呼噜。那劲头，活活能气死我这个失眠星人。

哦对，这个大叔还有个老婆，两人模样上很是般配。大叔虎头虎脑，他老婆憨态可掬；大叔头发经久不剪，总是乱蓬蓬的如同落魄的摇滚歌手，他老婆则烫着很夸张的花卷头，举手投足间形状乱颤；两人都是一张黑油油的脸蛋，上面的每条皱纹都会随着说家乡话时各种夸张的表情而耸动和分裂。

两个人还都是大嗓门。他们盘踞在警务室门口时，我总是有种门口有人在闹事的警觉。此起彼伏的吵吵声不绝于耳，我推门一看，是他们俩各躺一边地讨论事情。见我出来，他们会立即住嘴，然后很尴尬地往天花板上瞅。

对于我这个小警察，夫妻俩似乎都在很谨慎地维持边界感。

听人说，大叔的老婆，也就是那个狮子一样发型的大婶是施工队的杂工，最没技术含量那种，只能四处跑跑腿，当个哪里需要就往哪里拧的螺丝钉。有时候她会蹲在站口，咬牙切齿地用一只大钳子拧铁丝，有时候她会在别人打钻时，站在后面小心翼翼地拖着十几米长的电线圈。她会在早晨集合聆听工头训话时一脸认真地剔牙，也会在卫生间洗手池前像孩子扑水一般地冲刷脸蛋。

很有意思的一个老妇，如果不是施工队每个人都疲于工作，她一定是当之无愧的团宠。

上个月有一天，我又听见警务室门外大叔和大婶讨论起了什么事儿。他们说着口音很浓重的方言，我一时听不懂内容，只觉得两人似乎比平日里更加活跃，叽里咕噜的对话中，还夹杂着孩子般的笑声。

我很好奇，假装有事，推门出去看。

我看到大叔拿着手机，似乎在和什么人视频通话。屏幕里好像是个女子，怀里搂着一个孩子。大叔和大婶齐刷刷地看我出来，第一次没有臊眉耷眼地结束对话，而是略带羞涩地朝我笑了笑，然后又接着对着手机屏幕说：

“囡，再笑一个。”

后来我才知道，视频里的女孩儿是大叔的女儿，怀里搂着的是他的外孙女，母女俩现在都住在大叔家。我还听其他工人扯闲篇儿说，怎么从没见过大叔女婿？

有人问大叔是怎么回事儿，大叔却黑脸不答。工人们紧紧抓住这个繁忙劳动中唯一可以解乏的话题，可劲儿地剖析与推理。

“看来这里面一定有事儿。莫不是离婚了？”

“也有可能未婚生子哟。现在这种事儿不要太多哟。”

我虽然从未参与过，但下意识地，大叔和大婶在我眼里就成了有故事的人，他们的一举一动也就更加令我好奇。每当他们在警务室门口休息时，我都会多看他们两眼。我甚至还冒出过邀他们进去坐坐的想法。毕竟地理和心理上，都算神交已久嘛。

但又一想，还是算了，好端端的，把人家请进警务室，难免有些怪怪的。

上礼拜的一天，我听见门口大叔和大婶的说话声尤为尖锐，不像是他们日常那种亢奋式交流，像是真的爆发了争吵。我凑近门口，运用充足的脑力破解他们飞快而拗口的方言，才多少听懂了一些。原来是大叔趁着大婶打盹，给她拍了一段酣睡的视频，给闺女传了过去。闺女可能是说了啥，搞得大婶浑身不自在。

“你怎么恁多事儿！不就是一段录像吗？”大叔的声音。

大婶叽里咕噜说了好几句，我最后只听明白一句：“姑娘怪心疼的！”然后大叔就没了音。

过了一会儿，我害怕打扰两人休息，特意蹑手蹑脚地出去，却发现两人都不在了。

也许是老夫妻间余怒未消，第二天两人又吵起来了。起因好像是他们老家有块玉米地，现在玉米棒子熟了，闺女问他们要怎么收。大叔主张用联合收割机，要花钱，但是不费啥力气。大婶说现在老家刚下完雨，地里太湿，收割机下不了地。大叔说怎么下不了地？不可能！上回就这么收的，没毛病！大婶死活不同意，大叔说别怕花钱，没几个钱，大婶又说上了外星话，叽叽咕咕半天，把大叔惹急了，也用外星话回撑，两人一来二去，语速越来越快，声调越来越高。

然后我听见大婶厉声尖叫。我赶紧推门，发现两人都支棱着身子，大叔扬着手一副要打人的架势，大婶红着眼睛昂首挺胸，跟要英勇就义似的。

我看着大叔：“你要干什么？打人？”

大叔看着穿警服的我，手缓缓地放下了。

老夫妻这回好像真的伤了感情，陷入了至少在我看来非常决绝的冷战。两人基本上不在一处休息，干活儿时，也是形同陌路。有一回我看见他们工人吃饭，大叔端着饭碗坐在站口的台阶下，大婶则盘腿坐在站厅一隅嚼着馒头。一口一口咬下去，凶猛得如同泄愤。那一刻我真怀疑，大叔在家里是不是真有暴力倾向，活脱儿地把大婶给整“黑化”了。

后来我有整整一个礼拜都没有见到这夫妻俩。

又过了两天，地铁站的工程好像结束了，工人们都在收拾装备往出撤。有人搬着三脚架，有人拖着庞大的挖掘机器，有人则拾掇着剩料和碎砖。我在人群里寻摸着那两个虎实又单薄的身影，却一无所获。

他们去哪儿了呢？

前天午后，我在站内查完安检，面前忽然站住了一个戴着口罩的大汉。他看着同样戴着口罩的我，用一口很别扭，音色上却令我倍感熟悉的普通话问："小师傅，跟您打听一下，北京站，往哪个方向坐车呀？"

我定睛一看，这不大叔吗？再定睛一看，大婶也在他身后站着。只不过她把头发梳起来了，虽然看起来脸大了一圈，气质却上了一个台阶，眉眼里多了几分安宁和贤惠。

她手里还拎着一只硕大的行李袋，看样子两人是要远行。

我看着大叔，乐了："跟我走。"

他们在地铁站这么多天，都不知道火车站是哪个方向。

上了站台，趁着等列车的空当，我和这两个熟悉的陌生人搭讪："是回老家吗？收庄稼去？"大叔一改往常的声若洪钟，半低着头轻轻回答："是。"

反倒是大婶，笑意盎然地看着我："是是是。"但显然她也不知道这天该怎么聊。于是笑完，她两眼又开始看向列车来处的远方。

列车来了，进站，开门，大婶上了车，然后在车厢里转过身，朝大叔摆了摆手。

大叔也朝她摆手。

我这才明白过来，问大叔："您不走哇？"

"我不走，就她走，回家掰玉米棒子去。非说不用机器，就要用手掰。我说省那点儿钱干吗！还得花车票钱。”大叔黑着脸，叹着气。

我说：“是想外孙女了呗。”

大叔先是怔怔地看我，然后若有所思地点点头：“是哦，我也是这样觉得。”说着说着，我看到他眼里有了亮晶晶的东西。

望着大叔逐渐远去的孤单身影，我心里有些五味杂陈。原来天下的普通人都是一个样，在外面貌似生龙活虎地奋斗，一旦念及家人，总有这样那样难开口的优柔心思。仔细一想，谁又不是呢，流再多汗，挣再多钱，也只是想给最亲的人积蓄一份安稳，这无关于一个人的脾气、秉性和处事态度，而是我们所有人藏在内心深处的本能。

哪怕是夫妻之间，对于儿女的牵挂，恐怕也多有羞涩吧。

也许过不了多久，大叔又会出现在某个地铁站的站台上，迎着风尘仆仆归来的大婶，两人互不相让地拌着嘴，吵吵闹闹地赶赴下一个施工现场。相较于年轻人之间的浪漫爱情，现在拴住他们的，也许便是那份永远不变的对家的炽热。

父亲的眼泪

有一年的晚上，我们地铁站里来了个走失的孩子。

小男孩儿也就一二年级的样，一直在站台上转悠，既不坐车也不出站。站务员上去问话，男孩儿一直不语，以为是自闭症，便报警。我们带到所里问了好久才知道，孩子是因为一点儿小事跟他爸爸怄气，离家出走了。

没办法，连蒙带哄，问出了他爹的联系方式，打过去半天都是占线，接通后对方声音很烦躁，再三跟我确认身份，然后又让他儿子听电话，搞得我一度有了自己是个绑匪的既视感。

男孩儿还在赌气，拒绝与父亲通话。

男人很气急败坏："那就让他永远都不要回来了！"然后便挂断了电话。

我心里正骂街，五分钟后男人又把电话拨回来了，问我们所的详细地址，说要打车过来接人。我们领导怕这男的不靠谱，说还是让我开车把孩子送回家去。并且千叮咛万嘱咐一定不见兔子不撒鹰，把孩子亲手交到男人手里。

路上我就想，这个爹怎么跟小孩儿似的，分不出轻重缓急呀？我就问男孩儿："跟你爸为啥吵架？"

男孩儿言简意赅："管我。"

"管你是应该的呀。"

孩子两眼一翻，瞥向窗外，再不言语。

得，我也不敢多嘴，父子俩之间这点儿事我还是别掺和了，怕再横生什么枝节。

那时也是个冬天，我和男孩儿爸爸约在他家小区外的一个很小的立交桥下"交人"。他爸看上去也就三十岁左右，但穿着一身老气横秋的黑色大衣，歪歪地戴着一顶毛线帽，把脑壳兜得溜圆。见我带着孩子下车，开口差点儿又是一阵臭骂，幸亏我和辅警拦得及时，要不孩子又要夺路而逃。

不管怎么样，父子俩终究团聚，我也松了口气。

然后我跟男人说让他写个情况说明，我们和事主做交接一般都有这个环节。男人问写什么，我掏出笔和纸说："就写一下孩子已领到，身上财物无损失，一切正常什么的就行，然后签上您的名字。"

他接过笔和纸，来到警车后备厢上写说明，我在一边用手机给他照明。他低头写字，写着写着，我看到他面前似乎有什么东西啪嗒啪嗒地往纸上掉。一开始我没看太清楚，以为是桥上掉落了什么灰尘，再仔细一看，那些不断掉下来的东西，是他的眼泪。

他在那一刻终于绷不住了，眼泪一泄如注。那可能是我见过的最意外的哭泣。我没有听到男人发出任何的声音，连吸鼻子的声音都没有，只看到眼泪从脸上止不住地往下掉。

毫不夸张地说，那张白纸在黑夜里我的手电筒的照射下，都湿得反光了。

男人写完故作无事，带着浓重的鼻音跟我说了句："谢谢。"

看着父子俩牵手离去，我才摇上车窗。自那以后，每当我们地铁站有了走失人口，我都会想到这个父亲和他当时眼泪"啪嗒啪嗒"掉在风中的白纸上的声音。很多男人其实都在硬装坚强，而一旦转身自处，个中辛酸委屈真的会瞬间涌上心头。也许是憎恨自己为什么不能更争气一些，也许仅仅就是孩子气一般地可怜和心疼一下自己。这便是脆弱带给我们的那点儿私密的特权吧。

疏导员老孙头的快意人生

有一回我在执勤时大发脾气。人设崩塌那种。

不是跟事主，也不是跟嫌疑人。是跟一“友军”——地铁上的文明疏导员。

疏导员每天早高峰守在地铁口，防止偷奸耍滑者溜进孕妇通道。但那天刚刚限流没多久，我就看见一个小伙子跟疏导员打上了太极。我大概听了两句，好像是小伙子想从孕妇通道进站，疏导员拒绝，小伙子骂骂咧咧，后来趁疏导员不注意，一个箭步蹿了进去。

我赶紧跑进去把小伙子拦住：“人家疏导员都说不让你进了，你怎么硬闯？”

小伙子瞥我一眼：“我跟他说啦，我借厕所，他同意啦！”

瞎话张嘴就来。我回头看那个疏导员，意思是过来跟他对质呀。

没想到疏导员只是朝我尬笑两秒，避而远之。

小伙子白我一眼，昂首挺胸走进站厅。

出来我就冲疏导员急了："我明明看到你拦他没拦住，我这儿帮你进去拦，你还给我泄气是不是？"

疏导员特不好意思，苦着脸跟我说："哎呀哎呀，我没反应过来。"

"都从这孕妇通道进，那不乱了套了?!"

"……"

推诿躲事的老油条！我玻璃心粉碎，躲瘟神似的离他远远的。

没想到过两天再碰到他，他忽然直奔我过来，冲我低眉颔首，甚是沉痛："马警官，那天的事儿是我错了，我下次一定注意，您多多包涵哪！"

看他一副知错认错的表情，我又不知所措了。因为他都六十多岁了。姓孙。那是他第一个月上班。

老孙头长得虎头虎脑的，矮小身材如同一截被伐了多年的树墩子，有点儿抽抽，但还算硬实。他穿着疏导员醒目的臃肿黄大衣，露出俩短小精悍的腿脚，看上去很是滑稽。"天下武功唯萌不破"，好吧我赦免了他。

后来我发现老孙头还是有很强的职业天赋的。首先他对周边环境超级熟悉，我们地铁站周边的公交车线路多如牛毛，我至今都理不太清，老孙头却每次都能给乘客指得精准无误。而且他还是话痨，特别爱跟乘客聊天，尤其是年轻乘客。比如我们临街有个商务酒店，经常有企业在那里开会，很多小白领去找老孙头问路，老孙头上来就一句："你们也是去开会的？今天好多人问我呢！"然后压低声音："你可得赶紧哪，去晚了就没奖品啦！"

白领说："好！"抬脚就走。没两步折回来，说："你还没告诉我怎么走呢！"

有的公司组织去拓展，在地铁站广场上集合。老孙头看着他们西装革履背着大行军包，准保过去搭话：“嗬，你们这新一批来得够快呀，上一批刚去了不到一个月！这回是去哪儿？又进山吗？得带驱蚊药哇！”

小职员们看见这老头很懂行，都三三两两地围着他讨教经验。老孙头站在一群年轻人中间手舞足蹈，跟华山论剑的老顽童似的。

我也不知道老孙头哪儿来那么大的活力。而且他完全没有老年人的腔调，说起话来跟年轻人丝毫没有代沟。比如那天有个“90后”站务员看见他在站口买了一根烤肠，边啃边溜达，跟他打招呼：“好吃吗？”

“好吃得暴击呀！”

站务员登时就醉了。

但老孙头也不是风评俱佳。有时候老孙头在站台上帮忙，有的乘客站在黄线前面，老孙头上前去把他们往后扒拉，有人抱怨他“真够事儿的”；有时候老孙头站在广场口疏导客流，让大家别挤太急，晚个一两趟也比打起来强，有人就会嫌他站着说话不腰疼。最激烈的一次，老孙头追一个逃票的追上站台，质问他怎么自己喊半天还装聋作哑，逃票的说：“我不知道哇，我刷卡了呀，可能你们闸机有问题吧。”老孙头说拉倒吧！逃票的还谴责老孙头，说他那种神经质的气质不适合服务岗位。

后来老孙头歪着脑袋特认真地问我：“马警官，这回我没错吧？”给我弄得特不好意思。我一度以为他是在假天真地寒碜我。后来看他那比青海湖还清澈的眼神才明白，他是真天真。“天真”这词在他身上好像都更纯粹了。

老孙头在地铁站干了两三年了，活动范围都是这一亩三分地，所以我们经常有机会聊天。我才知道老孙头原来是公交售票员，后来公交车都改无人售票了，要卖票也可以，只能去远郊了，所以他提前退了休。我说："售票员这工作适合您吧？您副业是卖票，主业是侃大山吧？"老孙头略有羞涩又不乏卖弄："哪儿啊，除了有两回把乘客聊得坐过了站，还真没有别的什么事迹。"

看看老孙头的脸，发现这两三年他竟然没啥变化。按说从花甲迈向古稀，即使样貌上不会再有明显的衰老，精神也会大不一样。我所见到的其他老人，一旦上了岁数，眼神有的涣散了，说话有的没了底气，关注的东西也脱离了人间烟火。好像看透了大部分人生，自己就不那么接地气了。但老孙头从来没有，岁月对他来说，就跟吃米饭似的，只是一堆碳水化合物的意义，带不走他的任何东西。

每天下午，文明疏导员老孙头都会带着一帮女同事在我们派出所门口的空地上大合唱。

"我们的家乡！在希望的田野上！"

"一条大河波浪宽！风吹稻花香两岸！"

女疏导员都是大娘，个个精神矍铄，眼睛冒光。她们全拿老孙头打趣：

"老孙头，你这裤子小啦，跟健美裤似的！"

"老孙头回头我推荐你当三八红旗手。"

"晚上给你儿媳妇做啥好吃的？"

叽叽喳喳声中，贯穿着老孙头孩童一般的铜铃笑声。

听着他的笑，作为一个年轻人的我竟安然了许多。听着他的笑，我忽然就不那么害怕变老了。

童心犹在，岁月何惧？

一墙之隔的家人

那天我跟一个事主大爷聊了聊，有些感慨。

大爷几年前离了婚，但现在仍和前老伴住在一起。他们两个没啥财产，谁搬出去都是流落街头，只能凑合在一个屋檐下生活。我问他，既然还是在一起，为什么就不能将就一下彼此呢？人都年过半百了，还能有几天消停日子呀。

大爷用一副看黄口小儿的眼神看我，说："哪有你说得那么简单哪？"

他们夫妻矛盾很深。深到什么程度呢？有一部讲家庭的韩剧，有个经典对白，是老太太对老头儿说："在家里看到你我就感到窒息。"

和那个差不多。两人不能交流，不能互动，甚至不能对视。他们除了共处一室，各用一间卧室，水电费分摊，其余的，什么交集都没有。现在合租的租客有时候还能一起打把手游帮忙收个快递呢，他们却只把对方当空气。

仅有一个成家的儿子，也基本不与他们联络。在我要给他儿子打电话时，他反复跟我说：“我过我的他过他的，你给他打电话，他也不会管。”

当时真是给我整蒙了，这是个什么家庭？？？

我当时差点儿问他：那你要是哪天病重，甚至病危了呢？儿子也不管？你隔壁那位，也无动于衷？但仔细一想，不就是这么回事儿吗？他们三个人都是如此，这可能是这个曾经的家庭里，唯一达成的一致。

大爷是完全意义上的孤独终老。哪怕他曾经的发妻就与自己一墙之隔，哪怕他还有一个抚养成人的儿子。不管造成这种局面的责任在谁，总之这个家，在都还“活着”的情况下，就已经散了伙。

生活总比故事更狗血。电视剧里只知道演一些宅斗，却不知家庭矛盾的极致，是这种一冷到底的不闻不问。如果不是亲耳所闻，我确实难以想象。

不过大爷并非我想象的那样萎靡不振。他很轻松，甚至当天还打算去逛公园。他毫无束缚，了无牵挂，因为没有牵挂，也就失去了焦虑。

怎样生活是大爷和他“家人”的自由，我不过多评判。但由此我想到一个更深的课题：“亲人”和“家”，对我们来说，到底意味着什么？

是并肩奋斗，同舟共济的战友？还是抱团取暖，相互依赖的伙伴？

抑或是难以为继时，可以随时解散的临时组合？

还是遵从自己内心，该说再见时就不用留恋的身外之物？

看过太多亲情的厚重与感动，也听过太多因此被裹挟，迷失自我甚至深受其害的反例。我觉得我们有必要在成年或者成家之后，好好问一问自己，我们到底需要怎样的亲密关系。或者说，怎样在亲密关系与自我之间取得平衡。

我们不该无端伤害爱自己的人，却也不该被某段关系无端拖累。

也许还身为年轻人的我们现在无法把这个问题代入深刻。毕竟我们没有经历过长达几十年的夫妻感情，没有长时间的抚育子女，没有长年累月的柴米油盐。我们无法知道，进入中老年的我们，是否会陷入这种危机。如果有一天这种危机到来，我们是举手投降，还是反手逃脱？

现在想想，都挺可怕，会焦虑。

但也许那时候的我们，会放下很多。失去年轻，我们反而会潇洒自如。不管身上是否还背负着家庭的重任，我都希望能像这位大爷一样，纵有万般周折，也能在某个初秋上午，轻装上阵地走进公园，悠闲惬意地打一圈太极，然后坐在台阶上，侧耳倾听各种虫鸣鸟叫，忍俊不禁地回想着一辈子中有意思的事情。

吴大夫的心事

前几天我处理一起事件时，碰到一位吴姓事主，是个河南的医生。医生在老家就职于一所还不错的市级医院，专职给患者针灸。他喜欢别人叫他大夫。

吴大夫今年刚刚四十岁，带着自己年近七旬的老母来京看病。他说老太太脑袋里长了一个肿瘤，想做个开颅手术把瘤子取掉。但北京医生诊断半天，跟他说了利害关系后，他还是决定保守治疗。我问他和母亲在北京住在哪里，他说他有一个出嫁的妹妹在京务工，他们就借住在妹妹的出租房里。那天是他们离开北京的头一天。

吴大夫和我印象中自信、健谈的医生形象有很大出入，整个交谈过程中他唉声叹气，愁云惨淡。我最初以为他在担心母亲的病情，但后来听他描述，老太太的肿瘤还是良性，只是医生担心过早开颅反而会令老人吃不消，所以建议先用药物控制，及时复查以待来日。他见我比较真诚，便又吐露了一些心声，说是昨晚上因为母亲看病的事儿，他还和妹妹大吵了一架。妹妹建议尽早给母亲动手术，免除后患。毕竟老人被肿瘤折磨得总是偏头痛，视力也受了一定影响。吴大夫却相当谨慎，害怕贸然把老人送上手术台，得到的却是后悔终生的结果。兄妹观念不同，遂发生不睦。

最终吴大夫始终不敢跟妹妹翻脸。毕竟今后还要经常来北京复查，一旦开罪了她，自己就少了助力，说不定每次还要多出一笔宾馆住宿费。所以吴大夫忍了。

这时候我才意识到，真正让他发愁的，是钱。

但聊着聊着，我发现经济问题似乎也不是他的痛点。他是正式的医师，有行医资格证的那种，在老家医院，他是正经的、有群众认可的中医。每天找他扎针的患者络绎不绝，大家排队拿号，据说去晚了还要等床位。他手法精湛，可以调理各种不适和衰弱。医院根据业绩给他提成，他的工资待遇也不算低。

他们疼痛科室的主任听说他带母亲去北京看病，还特地给他开绿灯，让他放心地去，找人代他的班，让他有任何困难就跟科室提。言外之意是如果真的负担不起，单位里也可以给他搞募捐或者众筹，毕竟他也是单位的骨干力量，同事们不会坐视不管。

挺温暖的信号。有这样的后盾在，吴大夫不至于失落绝望。

“你到底在烦躁什么呢？”我给他倒了杯水，忍不住问道。

他拿着水，没喝，盯着水面看。水面上什么也没有。

“我自己就是大夫哇。”半晌，他说了这么一句。

是的，他自己就是医生，现在却要带着自己的老母，远赴千里之外求医问药。他明明自幼学习医术，明明工作、生活在医生的圈子里，明明受着那么多患者的肯定，此时却对自己最亲近的人的病痛无能为力。医生到患者家属的转变，也是梦想到现实的落差。

吴大夫跟我说，从那时候起，他才忽然发现自己当初学医，本就不是冲着什么济世救人的高尚动机，更不是奔着能挣多少钱去，而仅仅就是想着能多照顾照顾家里人，老人孩子生病自己能搭把手。这些年自己从大学毕业到实习，再到转正和考下医师资格证，再到受到无数患者认可，恍然间他对自己这份职业受用不已，而没料到母亲的一场灾病，彻头彻尾地把他打回了原形。

吴大夫走后，我把他的烦心事讲给同事听，有人说他玻璃心，有人说他太执拗。可只有亲身在他身边感受这一切的我，才知道这根本不是小题大做。

那些荡气回肠的誓言和梦想，不过都是用力过猛的一腔热血。只有到了至亲至爱真正需要自己时，才会明白自己到底应该扮演什么样的角色。可惜我们中间大多数人顿悟得都太晚，有的甚至晚得在临死前一刻，才会追悔莫及。

“明爷”是个小学生

我们管地铁，有的人为了抄近路，翻越铁轨围栏，摔崴了脚，最后是被抬出来的。

还有人早高峰时不排队，非要从出站口进站。站务员说只有老弱病孕能从那个口进，不听，强闯，一拽还咬人，进了拘留所哭天抹泪。

没装屏蔽门时我还碰到一大叔，白天一个倒栽葱摔轨道里，头破血流满脸挂彩。一问，原来他走错站台，脑洞大开，想着直接蹦到对面去。我拜服：“您真牛。”

“嘿，你还别小瞧我，我年轻时可练过跨栏，这也就是老了！”

但我今天要讲的不是他们。我想讲一讲明爷的故事。

那是几年前的夏天。明爷是个小学生，家住在我们辖区某个地铁站边上，没事儿就爱坐着地铁到处遛。他也没地方去，经常是看着哪站人多繁荣，下了车背着小手在广场上走，跟领导视察似的东看西看。从商亭到早点铺，从水果摊到面包房，稍有不慎他的小脑袋就探过来了，凑近老板问这问那，乐此不疲。

“你这‘3+2’为什么卖得比我们学校贵？”

“薄脆不要钱吧，给我尝一个？”

“您这蛋挞能试吃吗？”

各位店主一开始还搭两句话，后来见他不买东西还要吃要喝，干脆不理他的碎碎念。明爷也不恼，原地转悠一会儿走人，过一会儿又闪亮登场。

大家甚是崩溃。他们从来没有见过这样的孩子。

一开始，我们怀疑这孩子精神有问题，把他带到所里跟他交流一番，觉得神志还算正常。虽然这孩子话多自来熟，但还没到胡言乱语的程度。只不过一打开话匣子就停不住，追在你屁股后面跟你唠，倾诉欲不是一般的强。

当时他拿着一袋散装锅巴坐在我们椅子上嘎巴嘎巴嚼着，还让我：“你吃不吃？”

“锅巴哪儿买的呀？”

“就外面摆摊姐姐给我的。”

我猜这孩子可能是太贪吃，装可怜管摊贩要过两回吃的，尝到了甜头，长此以往就停不下来了。

我们联系了他的家属，记得当时他爸还过不来，我和警长开车把他送到家附近，亲手把他交给了他爸。

我们大致了解了一下明爷的情况。明爷智力没问题，就是有点儿多动症，闲不住，尤其是嘴馋，馋劲一上来排山倒海。明爷爸妈都是工人，朝九晚五地忙着，家里只有一个行动不便的奶奶。奶奶名义上是给看孩子，其实根本看不住，走着还没明爷爬着快。

好在明爷只是成天坐地铁玩，野够了吃饱了就回家，没出过什么大幺蛾子。

我们说：“这孩子天天到外面耍也不是事儿啊，你们得管管，要不遇到人贩子怎么办？”

明爷他爹说，管管管，回头找个保姆，把他看住了。

但后来还是能看到明爷。尤其是下午，那简直比打卡还准。他肯定是午睡过后就往出跑，四处觅食，找人聊天。

当时明爷已经是地铁站的名人，无人不知无人不晓，商贩们见到他都如临大敌。一个没有自知之明的孩子是最令人头疼的，他们气不得骂不得，都“曲线救国”，迂回作战。商亭老板会给他拿根冰棍，悄声告诉他：“我这儿忙着呢，你去面包房找那个姐姐聊聊，她家上了新蛋糕呢。”

面包房姐姐陪他唠会儿，又给他支到卖水果的老张那里。

老张说：“给你俩砂糖橘，多了没有哇！”

一会儿他又串到存车处，存车处值班室那儿有台小电视，管理员老蒋硬着头皮收留他看一会儿电视。

没有他喜欢的节目时，他就围着别的小商贩看人家贴手机膜、摊灌饼、抻面条。那一阵儿地铁站外还有个算命的，这孩子听人家讲五行八卦，比顾客疑问还多。算命的也不恼，一脸大师独有的淡定，跟顾客说：“你问你的，不要被外界打扰，这也是修行。”

一下午就这么过去了。

后来我们又联系过一次明爷的父亲，让他过来接孩子。我跟他父亲说：“地铁站人这么杂，他老在这儿混，出了事你们脱不了责任哪。”

他父亲连连允诺："过两天就开学啦，不会让他乱跑了。"

后来很长时间我还真就没再看见明爷。可以想见，明爷一定是天天在课堂上接老师下茬、下了课跟同学喋喋不休，同样也会在校门口瞪着双饿狼一样的眼骚扰小商小贩。有一阵儿面包房的姑娘还问我明爷怎么样了，我说我怎么知道哇？她说那孩子现在想想也挺逗的，那副盯着柜台咽唾沫的样子一般人还真学不出来。

地铁站商贩们换了一茬又一茬，我再也没见过明爷。也不知道他后来食欲控制得怎么样，还会不会像以前那么神神道道。

很久以后，我和同事在附近的肯德基吃饭，刚点了一个全家桶，远远看见一孩子正在附近四处转悠。仔细一看，嘿，是明爷！

明爷长高了一些，看起来有点儿虎视眈眈。

我吓坏了，以为他要找我来要原味鸡。于是手半遮着脸，假装看窗外。

半天没动静了，我从指头缝里找他。发现他找了一个空座位，坐下了。

然后一对男女捧着买好的汉堡薯条坐在他对面。男的是他爸，女的应该就是他妈了。

他们一家三口吃得开心极了，明爷话还是有点儿多，嘴里塞满了吃的，还在絮絮叨叨发表各种点评。

"我们老师说了，这是垃圾食品。可老师说的垃圾食品没有我不爱吃的。"

"这个比咱们吃的那个比萨好吃。"

"说好了，下礼拜带我去吃芍药居那家烤肉。"

"吃你的饭吧！怎么就堵不上你的嘴！"他妈笑着给他挤番茄酱。

我发现明爷眉毛渐密，喉结初挺，已经有了大小伙子的模样。

难能可贵的是，明爷两眼清澈极了，唯有爱与美食不可辜负，其乐融融的明爷好像永远也不会沾染上什么世俗破事。

青春期小嘴叭叭的贫样子，好像已经有点儿奔着帅去啦。

存车处老彭

我发现，最近我们地铁站存车处的老彭好像很不开心。

在我眼里，老彭是一个特别具有喜感的人，这从形象上就能看出来。他有一张圆乎乎，但因为上了岁数看起来有点儿松垮的脸，脸上挂着一双永远带着笑纹的眯缝眼，嘴唇上的胡须茸茸的，像是水蜜桃上没洗干净的桃毛。这个老头儿笑的时候憨态可掬，不笑的时候好像下一秒也要呵呵乐出声来。

因为老彭是存车处的老大，我们都笑着称他为“存车处处长”。于是，“彭处长”这个外号就在地铁站广泛地流传开了。那些小商贩或者是安检员见到他都会戏谑又不失热情地喊上一句：“哟，彭处长！”老彭每每听罢赶紧摆手，装作很惶恐的样子讪笑道：“瞎叫唤啥呢！”

彭处长每天的日常工作事务都是啥呢？我来给你列举一下：首先就是收钱。前来地铁存车的乘客，没有一个是他的漏网之鱼。

但人家彭处长也不是纯粹的伸手党，收钱之前，你还能享受到他细致入微甚至是略带强迫症的服务。他会在早高峰之后，很耐心地把每一辆自行车或者电动车，甚至是摩托分门别类地码好、摆齐。可不是单纯地入位扶正哟。他会把每辆车都推到自己划好的类别区域，如果有些车辆停得离那些“法定”位置太远，他就拖上自己的儿子小彭一起把车子抬过去。我曾经看见过他们父子俩一首一尾抬着一辆电动车，咬牙切齿如转移尸体一般谨慎跋涉，心中倍感钦佩。

我说：“彭处长，您可真是太尽职尽责了。”

彭处长扭捏一笑，掸掸脏了的衣角：“哪有，区别开了，方便收钱。”

他就是这样一个人，有啥说啥，没的说了，就傻乎乎地笑给你看。除了干活儿和收钱，他家还经营着一个小卖部。店里卖一些水呀、方便面之类的，是我们这些“地铁星人”的福音。小卖部由彭处长的老婆“金花婆婆”负责打理。别问我为什么是这个外号，我也是听大家背后都这么叫，猜测可能跟苏有朋演的那版《倚天屠龙记》有关吧。反正老太太形象上确实有点儿那意思，尤其是气质，跟她家买根冰棍，顶着她那执拗得有点儿毒辣的眼光我都不敢仔细选牌子。

按理说彭处长虽然没有什么大的家业，但一家几口在地铁站也算安身立命，虽然挣不到什么大钱，但稳定是王道哇。按理说地铁站一天不拆除，他们家的小日子就能一直红火下去，所以我从来没想过彭处长能为什么事情心烦。

他每天按部就班认真劳作的样子，怎么看怎么不像一个有心事的人。这可能也算是我对这个老人的刻板印象吧。

直到有一天我发现老彭变得有些暴躁。他那一脸的标志性笑容忽然一夜之间荡然无存。码车的时候，他如同行尸走肉，碰上了难搞的车辆还会骂骂咧咧。有时候我还会看到他在无数歪七扭八的自行车中间训斥儿子，有时候还会见他在巴掌大的小商亭里和金花婆婆拌嘴。一些乘客晚高峰时找不到自己的车了，急匆匆地向他问询，再也见不到他那一脸耐心的讪笑了，取而代之的是有点儿横眉立目的埋怨：

“让你们瞎停！该停哪儿的不停哪儿！”

有一天我到商亭买冰棍吃，金花婆婆不在，只有他在里面愁云满天。他一个人枯坐在柜台后的破椅子上，好像一个被族人抛弃的孤寡老人。

见来者是我，他多少客气些，努力抬了抬眼皮。

我说：“来根苦咖啡。”

他很心不在焉地说：“我们这儿不卖咖啡。”

我说：“是冰棍。”

他眉毛一挑，抬头纹登时立体了起来：“你早说呀！”

我：“……”

本来我以为他只是一时情绪低迷，没想到过了两天，还是出事了。

那天一个乘客来找他取车，两人因为找车的问题发生了争执。那乘客本身也喝了一点儿酒，说话冲一些，彭处长仇恨值立刻拉满，推了对方一把，对方就仰面摔倒在了七扭八歪的自行车丛中。这样一来，乘客就不干了，先是报了警，又要求到医院检查。

彭处长拒不承认错误，在我们所一直熬到深夜。

乘客不依不饶，我一看没办法，先带着人家到医院检查一下吧。

因为彭处长是地铁站的老熟人了，平时是个表现良好的朴实劳动人民，我也得帮他一把，就想着先把乘客看病的钱帮他垫一下，也算是给他一个冷静的窗口期。

结果到了医院，乘客说磕到了头部，要做CT，到了窗口我一交钱，三百多……当时那个肉疼啊，真想把彭处长给“就地正法”！

好在乘客检查之后无恙，并没有追究彭处长的责任。

第二天我上白班，晚上下班之后准备回家，刚刚走到派出所门口，我发现天上下雪了，然后我就在随风飘荡的雪花中看见一个圆滚滚的身影。我定睛一看，正是昨晚熬了半宿的老彭。他穿着一件尺码大得离谱的军大衣，整个人被包裹得犹如一根没剥皮的玉米棒子，还是熟过头了的那种。

“马警官，昨晚那个男人看病花了多少钱哪？”他眨巴着眼睛看我，这会儿神色上也不那么较劲了。

我拿出医院的票据给他看，他马上伸手掏钱。

我当时也被冻得有点儿发蒙，接过钱竟然大脑错乱地说了一句：“谢谢……”但我立即反应过来，赶紧转变态度：“我得说说你呀，一大把岁数了，怎么不知道轻重呢？上手就推人？”

“我错了，您别生气。”

此情此景，我们之间的距离很自然地被拉近许多。我才意识到我认识这个老头儿已经三年了。三年里，我除了偶尔打趣地叫他一声外号，最多也就跟他说说我要买什么水和冰棍，除此之外别无他言。昨天一晚上加今天，我俩说的话，比之前好几年加起来的都多。

我们之间似乎并不熟悉。我知道他是安徽人，脾气好，任劳任怨，是地铁站的老好人儿。但他有什么兴趣爱好，最在意什么事情，对未来有什么憧憬，我却一无所知，也从未产生过一丝好奇。他的年龄、身份甚至是思想意识，注定了他只是我生命中一个经常出现的过客。

明明相识已久，我们却从未进入过彼此的世界。

我便问老彭最近情绪为什么这样不稳定，老彭支支吾吾地告诉我，地铁站广场要改造了，存车处要统一规划，影响站口通畅的小商亭也要取消。他们家的铁饭碗，可能因此要丢了。

我心里一沉：完全没听说呀。再看看老彭，已经点上了一支香烟，在纷飞的雪花中很无力地吸着。

老彭告诉我，他刚来这座地铁站谋生时，还是十年前。那时候地铁站周围还没建这么多小区，客流稀少，人迹罕至。广场上没有建限流带，站口也没有铺设雨棚子。那时候他的商亭一天有时连二百块钱营业额都到不了，存车处经常也只有寥寥十几辆车。后来地铁站周围建了住宅区、商场和各种公司，人慢慢多了起来，再后来，这条地铁线周围又建了好几条新线，线路交叉纵横，聚拢了更多的人气儿。老彭一度以为，自己当年押对了宝，他们如今可以蹭着地铁站的流量，吃一辈子安心饭。

然而他没想到的是，日新月异的发展，带来的是更新迭代的变化。如今我们地铁站的配置已经容纳不下日渐庞大的客流量，只能通过疏通改造来实现进一步的安全运营。而改造的代价，就是腾出广场上更大的地方，统一对停车场进行规划管理，像老彭这种个体承包者，也就无缘继续经营了。

老彭默默地走了。雪夜里，他的脚步一深一浅，显得有几分落寞。我忽然发现他就如同天上的雪花，虽然在空中随风荡漾，却早晚会飘落，会融化，留不下一丝痕迹。我们何尝不是如此呢？那些看似美好的稳定，都会有发生变动的一天。没人能够一生顺遂，毕竟潮起潮落才是生命的常态。

想到此处，我不免也有了一些焦虑。

一个月之后，地铁站开始了大规模的施工，各处都挡上了临时围墙，各种工人马不停蹄地作业，一夜之间商亭和存车处都不见了踪影。老彭一家人，也头一次长久地消失在了我的视野里。

这一施工就是好几个月。改造后的地铁站宽敞清爽，存车处也变成了大型的停车区，管理员也变成了一水儿的身穿制服的小伙子。但每每我经过那里，总觉得下一秒眼前就会出现一个身穿脏兮兮的棉服，龇牙咧嘴搬运车辆的小老头儿。我已经差不多半年没有见到我们的彭处长了。

第二年春天，有一次我去附近的商场购物，开车驶出停车场时，收费亭里的人忽然挪开玻璃使劲叫我：“马警官！”

我一看，竟是老彭！脱口而出：“你怎么在这儿呢？”

他小眼一眯：“哈哈，我看你半天了！今天不收你钱了！”

“这怎么行？”

“怎么不行？才五毛钱！”他打开我面前的挡杆。

“你老伴和儿子呢？”我嘴差点儿一瓢，说出金花婆婆。

“在市场卖鱼呢，新开的市场，可大呢！”

“身体挺好的？”

“棒着呢，”他脸上又恢复了往日的憨笑，指指我后面，“赶紧走吧，要排队的该着急了。”

我开车驶出停车场，来到大路上。路上阳光灿烂，两边的所有建筑物都闪闪发光，像是无数座宝藏。看着这番美景，我不由得哼上了小曲。

“行到水穷处，坐看云起时。”见到曾经糟心的人重整旗鼓，我想不论是谁，心里都有种触动自己的小小震撼。

彭处长，你棒棒的哟。

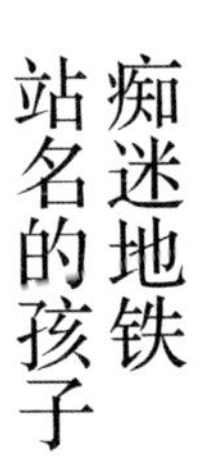

痴迷地铁站名的孩子

我碰到过一个有趣的孩子。

当时是三伏天的中午，站厅里都没什么人，我巡逻了一圈准备回警务室，然后碰到一对母女向我问路。现在依然记得很清楚，那年轻妈妈盘着丸子头，戴着黑框眼镜，看起来有点儿疲惫。那小女孩儿七八岁，穿着一条荧光黄的纱裙，也是满头大汗，脸上却兴致正浓，眼睛像小麻雀一样四处乱瞟。

女孩儿妈妈问我去“大钟寺”地铁站怎么坐车。正巧我身边有个线路牌，就转身指给她们看。女孩儿妈妈很无语地拍了拍脑门，说：“嗐！我真是被这孩子搞晕了，刚才找了半天愣是没找到！”

然后我细问才知道，小女孩儿是趁着放暑假，跟妈妈一起来北京探亲加度假的。她老家的地铁只开了两条线，基本没乘坐过，这回来到北京跟着妈妈和亲戚四处游玩闲逛都靠坐地铁，然后怎么说呢，就陷进去了。

她是对地铁站的站名很有执念。

比如听车厢内播报有个呼家楼站，就一定要去看看那座“楼”；听说有个北新桥站，就一定得去摸摸那座“桥”；听说有个双井站，就一定得看看到底是不是有两口井。

很多时候小女孩儿都很失望。比如一出呼家楼地铁站，放眼望去哪儿哪儿都是高楼大厦，她根本不知道哪座才是“呼家楼”，北新桥也没有桥，双井地铁站外面也根本找不到井。她就很奇怪，为啥北京这些地铁站的站名，都名不副实呢？

她妈只能告诉她，北京是大城市，发展太快了，那些桥哇井啊的，都没有啦，都盖了高楼大厦啦。

然后她妈妈问了我一个几乎令我职业生涯都蒙羞的问题：“对啦，那大钟寺站，有寺吗？”

当时我还开着肩闪，于是我在红蓝相间的灯光中尴尬地愣了两秒，最后只能拿出手机：“我给你查查。”

结果还是喜人的，大钟寺虽然没有寺庙，但是有一座由寺庙改成的博物馆，母女俩高兴极了，手挽手走上了开往大钟寺方向的列车。

那天我回到警务室，特意查了当时的北京地铁详细线路图，发现很多站名确实挺有意思的，这么多年，听说、路过它们这么多次，从来都没有像这个小女孩儿一样，想要去真正探索和见识一下。比如积水潭的潭，公主坟的坟，陶然亭的亭……它们于我的概念，仅仅限于空间里的坐标，从未有过具象化的体现，比如积水潭出现在我脑子里，压根不是一汪水池，公主坟也不是一个圆圆的坟包，陶然亭也不是一座婀娜秀美的凉亭。我从未对它们产生丝毫的向往。

但我觉得我小时候好像不是这样的呀。小时候的我，一听说“动物园”这个词，眼前立刻蹦出各种飞禽猛兽的形象，耳畔甚至还能传来阵阵野兽的嘶吼。而现在提起动物园，我只会觉得那是离我十几公里以外的一个地名，坐地铁挤，开车又堵。

我又想起我小时候第一次春游，老师说带我们去钻地道。我兴奋极了，这辈子还不知道地道是啥样，钻进去会不会像进入了童话世界。后来我们去了焦庄户，果然钻了蛇洞一般的地道。重见天日的那一刻，我兴奋得仰天大叫。

而现在我就在地铁里工作，每天坐着列车穿越更深更长的地道去上班、出警，我却再也找不到儿时的那种“精神高潮”。我平淡、理性地看待和接受眼前的各种事物，哪怕它们再五彩斑斓，透过我的视网膜，输送到我脑子里的时候，也仅剩下了功能性的含义和物化后的概念。

我是成熟了，还是麻木了？

现在想想，还真是有点儿羡慕那个孩子呀，内心充满好奇所带来的骚动，纵使满头大汗，也义无反顾地想要去探索，闯荡和尝试。

“归来仍是少年。”

老黄的『伟业』

老黄是我们地铁站的名人。从我到派出所上班的第一天我就知道门口有这么一号人物，瘦得像麻秆儿，顶着个鸡窝头，成天跟特务似的盯着地铁口，好像随时要找同党接头。

老黄原先是拉摩的出身，后来挣了点儿钱，鸟枪换炮，买了辆二手富康拉黑车。再后来各种约车软件上线，老黄傻乎乎加入，不到一个月就被差评拉成猪头。我问他怎么这么菜，他振振有词："那帮约车的太难伺候！"

殊不知老黄才是极品。成天特迷离地往地铁口一站，专注醉生梦死十来年。他离婚许久，只身一人到北京务工，从原先在厂子里上班，到去给单位看大门，再到给物业公司当保安，每一摊活儿都干不过半年。问为啥，全是单位的毛病，给钱少剥削人，比旧社会有过之无不及。所以老黄根本不再去上班，而是吃准了黑车这碗饭，成天跟个饿狼似的在马路上趴活儿，看见乘客过来就眼放绿光，我们稍不注意他就跑到地铁口来了。

有乘客报警说黑车扰序，我赶紧出警，一见是老黄我就气不打一处来。他屡教不改是一方面，关键是这个人有点儿神经病，你没法跟他交流。你告诫他不要骚扰乘客他就给你讲困难，讲他那苦难而又无助的人生，声情并茂，一讲能讲一下午，好像我们派出所开了老黄的专题悲剧讲座。最后他还得低调总结：希望派出所能照顾我，以后抓人抓别人，我这么凄惨你们忍心处罚吗？

所以我每次和他的谈话都是从零到零的噩梦，这让我很崩溃。

过了两年，老黄的业务有所壮大，他把他妹妹也搞来加入他的拉活儿大业。黄妹是个比老黄还难搞的角色，形似贾玲却远远没人家可爱。平时他在车里趴活儿，他派妹妹去站口叫活儿，人送外号黑车兄妹档。所以晚高峰的乘客们经常能看见一个别着腰包的低配版贾玲站在站口，跟打猎似的盯着他们出站的步伐、行走的方向，如果你拎着电脑包，她马上一个箭步冲上去："小区拼车了啊，就差一位了！"如果你拉着行李箱，便是："旅馆住宿能优惠！"如果你是背着书包的学生党，那就算是被吃定了："返校的？ ×× 学院和 ×× 大学今天团购了，团购了啊！"

老黄还不教他妹妹好，有一回我们处罚黄妹，黄妹直接躺地上，攥着我同事的鞋带又哭又闹。我骂老黄："你就不能管管你妹妹?!"老黄露出爱莫能助的笑容："她是她，我是我。"潜台词分明是：来呀，互相伤害呀！

没想到仅仅过了几个月，老黄与自己妹妹又掰了。黄妹帮别人叫活儿去了。再跟黄妹谈话时，黄妹说起自己的哥哥，一脸的不屑："快别给我提他！他除了酒，就认得钱！"

有一回老黄又来地铁站骚扰乘客，我们把他拘了。

谈。我说：“有什么可谈的，不还是你那一套吗？”老黄视死如归：“你不能总是针对我，如果咱们俩有仇，完全可以化解，不要这么搞报复。”果然是千年不变的套路。老黄就像是一团烂泥，不仅扶不上墙，还在你手上风干成了土疙瘩，搓都搓不掉。我真心看不起他这号人，觉得他后半生也就如此了。

今年从年初我就没怎么见过老黄，一晃几个月过去，清静之余偶尔还想到他。听人说他是酒腻子，估计本阶段的酒钱攒够了暂时隐退了吧。

果不其然，昨晚上同事清理站口，把一帮骚扰乘客的黑车带回所里。其中竟然就有老黄和黄妹。黄妹还是老样子，挎着小包踩着小跟鞋，听说可能要罚款，翻着白眼管老黄要钱。老黄说：“我没有。”黄妹顿时爆发：“你怎么老是哭穷！”

老黄面目平和地坐着，跟要坐化似的。我说：“行了行了！老黄你前一阵儿没来，干吗去了？”

老黄说：“孩子高考，现在录取完了。”

我看着老黄，他瘦了些，但仿佛有了些精神头，整个人也不那么怨气冲天了。我说：“行啊，考得怎么样？”

黄妹在一边酸溜溜地说：“人家俩儿子，老大前年就一类本了，今年老二又是个重点。我这个哥哥，挣点儿钱除了买酒喝，都寄老家给孩子补课用了。相比我们这些只顾傻挣钱的实在人哪，不知道心思深了多少倍哟！”

“你别说了。”老黄制止。但脸上略有笑意。

“为啥不让说！你咋不对我这么好！”

同事把一脸官司的黄妹叫进屋里，我看着门口的老黄，想说什么，又没能措好辞。老黄也看着我，憋着笑，低了下头，又堂堂地抬了起来。

我说："你有点儿厉害。"

老黄露出一个要搁以前我绝对认为是油滑的笑："我这个人浑身毛病，只有一点好，就是不爱吹牛皮。"

地铁里的小字条

前两天，我的微博收到一封私信。

私信是一名粉丝小姐姐发来的，最初她夸我文章写得温暖，说令她这个每天在繁忙都市中奔波的“社畜”看了之后很治愈。

我也被她反向治愈到了，很礼貌地回复了谢谢。

于是小姐姐就把我当成了树洞，经常分享一些自己在地铁中碰到的人和事儿。比如有一次她说她早高峰乘坐地铁时，列车到站后，车厢里的乘客多数都在低头看手机，导致新上车的人大多挤不进去。这会儿有个买菜大妈看不过去了，扭头朝里面的年轻人吆喝：

“喂喂喂，大家都不要看手机啦，都麻烦让一让，上班都挺着急的，后面还有人没上来呢！”

我看了之后有些忍俊不禁，但当时手头还有别的事儿在忙，就没有回复。

过了两天，小姐姐又给我发了这样一条私信：警察同志应该能收到很多私信，不过我想再给你分享一个我的故事，而且是一个未完待续的故事哟。

我读完之后就想，可能跟以往给我发信息的读者朋友一样，她想跟我吐槽一些日常见闻或者曾经感情生活中的种种不平吧。这种私信我几乎每天都能收到，说实在的，内容千奇百怪，有些令人咋舌，有些令人捧腹，有些也挺令人感慨。只不过看得多了，我也多少有些麻木了。我很欣慰大家愿意对我敞开心扉，但也不敢轻率地发表自己的见解，怕说错了什么话，给人家产生误导。

所以这一条我也没有回复。既然她说未完待续，就先看看她身上到底发生了什么呗。果然在第二天，小姐姐的私信又接踵而至了。

她有些羞涩地跟我说，每天早上她都要乘坐固定班次的地铁上班。在换乘的途中，她总是会遇到一位和她年纪相仿的男孩儿。那个男孩儿身形挺拔，每天穿着干净得体而且很漂亮的衣服，即便是戴着口罩，也掩不住他线条帅气的脸颊。口罩的上面，是一双宛若清泉水底的鹅卵石一般圆润而明净的眼眸。

男孩儿每次跟她乘坐同一节车厢时，要么扶着把手默默静立，要么坐在座位上埋头看着手机。他的手机壳是深蓝色的，小姐姐依稀辨去，壳子上面依稀还有星星一般的美丽点缀。她猜测，那上面画的应该是一片静谧的夜空。

男孩儿每次都和她在同一座车站下车，然后走向另一个出站口。所以这位小姐姐和他在下车后，至多还有两三分钟的交集。因为她非常喜欢他的样子，所以每次下车之后，就有意无意地跟在他的身后，想多看他两眼，在他彻底消失在那个出口之后，她才会带着无限的幻想，走向自己应出的地铁口。

时间一长，她就经常想，他会不会也在附近上班呢？他是做什么行业的呢？

他们总能在那座地铁站相遇，又同时在另一座地铁站下车，是不是上天安排的缘分呢？慢慢地，她产生了强烈的认识他的想法。

很多想法一旦萌生，就像是宣纸上滴下的一滴墨，会随着时间的推移洇开来，直到最后风干定住，永远提醒你这里挂着一个未完成项。小姐姐也是如此，她开始成天琢磨结识对方的方式，甚至为此设计出了多种看似自然而然的方案。但是随后，这些方案又在她的一再推演之下一一被推翻。

主动打招呼不行，万一人家是腼腆型的呢？说不定会把自己当作神经病。

假装掉落东西也不行，如果没被他看到就白费力气了。

假装认错人也不行，太俗套，而且很难有进一步的发展……

她深夜在床上辗转反侧，觉得如果想不到一个妥帖的方式，就好像有什么宝贝要被人抢在头里捡到了一样。

最后她腾地坐了起来，决定了：写字条！

她在后来的私信里告诉我，写字条的方法看上去虽然老土，但细思下来其实最为稳妥。首先不论任何搭讪，人家都不傻，被识破后如果磨不开面子直接拒绝，事情就再难有下文了。而递字条就会避免这种尴尬，她大可以把字条塞到他手里之后先行离开，留给他充足的考虑时间。字条上她还可以备注一下自己相对详细的信息，比如星座、家乡、职业……这些信息可以让他做更为细致的考量。

既然是追求别人，那就一定要全面照顾对方的情绪。

谁让她已经“上头”了呢？

想到这里，她从小本子上撕下一张方方正正的纸，认真书写了自己觉得有必要介绍的情况，还在最后画了一张特别可爱的笑脸。

她反复欣赏着自己刚刚创建的浪漫传书，一面反复阅读一面模拟对方的感受。几经修改，她觉得火候差不多了，既充满诚意又不显得饶舌矫情。随后她把小字条放进了自己的外套兜里，然后给我发了一条私信。

“明天就要行动啦！”

我看到这句话时已经是两天之后。虽然之前只是有一搭无一搭地关注过她的私信内容，但看到她如此细致动情的描述之后，我也不免对事情的后续发展产生了极大兴趣。他们到底再次相遇没有？她到底递出那张羞涩的小字条没有？随后男孩儿的反应如何？然而剧情到这里就戛然而止了。

我便给她回复了一句：“哈哈哈，不小心看到得晚了，理解你的心情，祝愿你再一次碰见他，不过记得打招呼要显得自然一些哦，不要吓到他！加油！”

很快她回复道：“哇，警察同志居然回复我了！我也希望能再次遇见他！只不过这两天并没有！如果有好消息再跟你分享哟！”

口气还是一如既往地兴奋。冲她这股子高亢的劲头，我觉得她至少成功了一半。

那一半，还是看老天吧。

随后整整两个礼拜，我都没有接到她的任何消息。头两天我还是会偶尔刷一下和她的私信内容，看她有没有保持着头几天的新鲜感跟我各种汇报进度，后来见她一直没有更新消息，我隐隐感到事情的走向可能并没那么浪漫。

随后又收到了她的一封私信。她告诉我，这两个礼拜上班，都没有看到那个男孩儿。字条在她衣服兜里都放皱了。她不禁心生怨念，明明之前总能碰到，怎么就在自己鼓起勇气想要付诸行动之后，缘分就没了呢？

为了再见他一面，她这几天甚至调整了作息，每天早上都提前十几分钟到地铁站，在下车和换乘的地方多等两趟车，然而还是一无所获。那个令她魂牵梦绕的身影就像是中了什么魔法一样，忽然从她的世界里消失得无影无踪。

小姐姐在私信里跟我吐槽，早来晚走都碰不到了，看来这是天意呀！隔着手机屏幕我都能听到她无可奈何的叹息声。

我再一次安慰她："别太执念，随缘，这个不是着急的事儿。"

第二天上午她又给我发来私信，我打开还没来得及细看，就从第一行里的好几个惊叹号里，感到事情可能迎来了新的走向。

"天哪！天哪！简直神了！昨天刚和你说完，我今天早上，就刚才，看见他了！"

看到这里，我竟然不由自主地笑出了声。有点儿意思。我赶紧往下刷内容。下面的一段内容，基本都是一句话就是一条单独的信息，可见小姐姐编辑和发送的时候是多么迫不及待。

"好激动！我的天！我一会儿给他字条！"

咦，字条还没给吗？看来还是直播呀。难道我要见证一个粉红少女心的小奇迹了吗？

当时我正逢休息，在超市里买东西，收银员阿姨举着扫码枪问我："哎，你到底结不结呀？"

出了超市，我一手拎着厚重的购物袋，一手继续刷着私信消息，恍惚间竟生出一丝略带荒唐的紧张感。这种只在小说中出现的情节，竟然真的发生着。但是现实生活能够兼容爱情故事中那种突如其来的浪漫吗？我脑中出现了那个自己再熟悉不过的地铁场景，人潮汹涌，行色匆匆……如果是我的话，突然收到一个陌生女孩子的字条，着实会有些不备，甚至不知所措。

想到此处，头皮有点儿发硬。

一小时之后，小姐姐的私信过来了："我把字条给他了。但是，就没有然后了。呜呜呜。"看来男孩儿没有加她呀。

虽然早就料到了这个结果，但此刻一字一句地读完，还是有点儿怅然若失。毕竟这就是真正的生活呀。

我不知道说什么，便没有回复她。

晚上临睡前我最后一次翻阅手机，看到她又发了几条私信过来："警察同志，等了一天，我终于，收到了他的微信验证消息。"

哦？要反转了吗？我一下困意全无。

然而她下面又发了两个字："但是……"

后面还有一张微信截图，头像和昵称应该就是那个男孩子的，信息来源那一栏写的是"对方通过搜索微信号添加"。

验证消息那一栏里有这样几行文字："非常感谢你在茫茫人海中发现我，不过抱歉哪，我有相爱的人了，希望你很快也有，就不必通过验证啦，祝好哇……"

唉，有点儿"心塞"呀。

"那你后来通过验证了吗？"

"没有哇，得尊重人家呀。"

"你把字条递给他时他什么反应？"

"愣了一下，缓缓接过……然后我就跑了。"

我想了想，还是决定安慰一下她："其实还是挺好的，他还很礼貌地跟你说明了情况，可见是个负责任的人。"

没想到她口气很轻松地回复道："祝他幸福咯！蛮好的哈哈哈！也算是一段浪漫的期待！"

我不期然地笑了出来，回道："我也觉得挺好的，感觉你俩都是很暖的人。"

打完这句话我就想，人世间的很多念念不忘，也许并非得到回应才算是完美收尾。那些藏在心里未能实现的浪漫，说不定能比现实中的爱情更能经受岁月的打磨，哪怕是到我们老去的那一天，蓦然想起，也依然能唤起如少年昨日般的怦然心动。

在我以为这个故事就要这样结束的时候，几天之后小姐姐又给我发来了一条私信："警察同志！我在豆瓣上看到了一个跟我经历严重雷同的帖子！"后面还跟了条链接。我打开一看，帖子的楼主是一个学生妹，讲的是自己在学校图书馆时暗恋上了一个经常来读书的小哥哥。楼主是个很腼腆的人，既想表达自己，又怕惊扰到对方，于是在朋友的鼓励下写了一张告白的字条偷偷放在小哥哥的桌子上，小哥哥看过之后，在晚上给她发去了好友验证，口吻上很不好意思，说是字条收到了，但是自己已经有女朋友了，所以很抱歉没办法接受她的情意。

这位小姐姐随后跟我说："原来大家都是这样可爱呀！只是她在图书馆每天都能遇到心上人，而我在地铁里可不是天天能看到他呀。"

我回复："每天带着点儿蠢蠢欲动的念想乘坐地铁，不也挺好的嘛。"

"是呀，哈哈哈。"

我意犹未尽，一时不知道该干什么，又翻回去看那帖子底下的评论，发现了这样一条：

"温柔的人被温柔以待，恐怕是这个世界上最美好的事情了。"

后记

做地铁民警十年，有个感触一直藏在心底，不好意思说。

我处理过很多地铁里的奇葩事。毕业分配到地铁派出所之前，我从来不觉得地铁里需要警察。这不就是一个通勤场所吗？虽然每天数以万计的人来来往往，但这里从来不是任何人的目的地。无数人上下班、上下学、访友、找工作，每个人都行色匆匆，赶车都来不及，谁会搞事情？

工作后，才知道自己太天真了。人多的地方都是江湖。纠纷、打架，甚至是诈骗和猥亵，都有可能时时刻刻在地铁里发生。尤其地铁里封闭的环境，更是将那些本永远不会产生任何交集的矛盾双方无限拉近。

纠纷，双方因为抢座互相谩骂。

打架，双方因为插队大打出手。

诈骗，骗子在地铁里到处借钱，然后拉黑不还。

扰序，大哥喝多了在车厢里抽烟。

猥亵，还是喝多了，突然猛亲身边的女乘客。

可能不是从事这个行业的你觉得这些都是鸡毛蒜皮的小事情，毕竟很琐碎嘛，都是普通违法，相比那些刑警见识的人性阴暗面小多了。但小事儿多了，处理起来也会累心。尤其地铁这种环境，案件、事件都比较单一，很多违法者前科累累，却仍然不知悔改；也有很多事主因为一时冲动情绪烦躁，沟通起来障碍重重。有时候一整天就处理一起打架案，应对各种人，做各种不同类型的笔录。有时候因为嫌疑人酒醉没有意识，还得连夜带他去医院醒酒。

慢慢习惯了，也就劝自己，干的就是这份差，别那么多抱怨。各行各业都是如此，都有自己的辛酸和不易。

后来有那么一天，我处理一起打架纠纷加班到很晚，累得头重脚轻，坐地铁回家。走进列车的那一刻，发现车厢里人很多。

都是很普通的乘客。

他们有的坐在座位上，有的站在靠门处。绝大多数人都在看手机，也有人盯着车窗边的闭路电视里循环播放的节目出神。还有人背着背包，拉着行李，有人牵着女朋友的手，有人戴着耳机听歌。每个人都安安静静地待在属于自己的位置上，安静，平和，不打扰他人，享受着自己的归途。

我忽然有了一种空前的兴奋。我看着眼前每一个人，觉得他们特别可爱。一点儿没有夸张，他们专注乘车的样子，好看得令我感动。在我的辖区里，这种画面的美，超过了我所见过的所有胜景。如果不是理智尚在，我真想走到他们面前，拥抱他们每一个人。虽然我不认识他们，他们也不认识我，但我就是这样爱他们。

这就是我心底那个羞涩而真实的感受。

番外

1

有一回我在地铁站执勤，地铁站商亭门口站了俩穿着迷彩服的学生妹，她们留着短发，背着行军包，看样子像是刚军训回来。

两人一边喝水一边互相讨安慰：

“哎呀，我晒得这么黑，男朋友嫌弃怎么办？”

“哪有，根本不黑！反而是我，脸上都爆痘了呢！难看死了！”

“真的呀？我没有黑吗？你也没有爆痘哇，我还晒出斑了呢！”

“看不出来，放心！反而是我这个发型太炸了！短得像练田径的一样！”

“没有没有。你长得那么仙，什么发型都不影响……”

“真的呀？没有变丑就好呢。”

“是的呢！”

两人互相说美了，笑靥如花。

这会儿商亭大妈抱着个纸箱子踹门出来，冲着俩姑娘大声吆喝：“来来来来来，让一下啦，小伙子们！”

2

有一天，我着急寄快递，于是给附近网点一个熟识的小哥打电话，让他来我们单位取件。

小哥说他很忙，一时半会儿过不来。我等了一上午，有点儿着急，毕竟下午还一堆事儿呢。于是又给他打电话。

小哥说：“哎呀，我一会儿就过去。”

结果等了一个钟头他还不来。我实在等不及，打了客服，电话下单。

果然，不出二十分钟，小哥出现在了我们单位门口。我觉得我简直太机智了！

进门时小哥一脸苦相。

我故意嬉皮笑脸：“看来还是给你们客服打电话管用啊。”

他没理我。甚至我发现，他连电动三轮车也没锁，就停在地铁站边上。里面满坑满谷都是快递。

我说：“你怎么不锁车呀？东西丢了咋办哪？”

“懒得锁。”

然后我们就有一搭没一搭地聊着天往里走。毕竟我是他的老客户，看样子他也没有太生我气。恰巧有几个同事也要寄快递，看见小哥来了都笑脸相迎。

忽然小哥向我咨询问题：“对了，如果这座地铁站有警情的话，是谁受理呀？”

我不假思索地说：“我呀。”

小哥很深沉地说了句：

“哦，那要是车里丢了东西的话，我就报警吧。”

我：“……”

于是小哥在我们前台愉快地装箱打包填单子算账，我蹲在地铁站外的冷风中，像一只温顺的小可爱，老老实实地给他看了二十分钟的车。

3

从警几年来最让我无法忍受的就是，当安检员从安检机里找出个枪状物交给我时，主人乐颠颠地向我显摆：蜀黍[1]你看，这是打火机！啪！点了火。蜀黍你看，这是滋水枪！哔！滋出了水。蜀黍你看，这是手电！砰！亮“瞎”了我的眼。要说以上我都能忍，那么最后一种我绝不姑息：蜀黍你看，这是蛋糕！啊呜一口，枪把没了。

4

我们地铁站上那会儿有两个广为人知的卖花女，一个叫梅梅，一个叫琼琼。两人天天掐架、拆台、抢生意，作为民警我天天给她俩“和稀泥”。

① 蜀黍：网络流行词，叔叔的代称。

有一回两人又干起来了，互相挠脸。我给她俩扯到派出所。

两人进了派出所还不消停。琼琼比较精，一直跟我套近乎，梅梅则在一边撑她。

比如琼琼说："马警官，大冷天儿的，你怎么不多穿点儿啊？"

梅梅就说："人家没你那么娇贵，碰一下都咧咧，呵呵。"

琼琼说："马警官，你们派出所真干净啊。"

梅梅就说："你再给舔舔就更干净了。"

琼琼说："马警官，我下回注意。"

梅梅就说："你这意思还想有下回？"

琼琼也不理她，专注于拍马屁。梅梅也一直锲而不舍地恶心琼琼。

我始终好言相劝。

接着琼琼跟我说："对啦，马警官，我在那边大市场盘下来一个花店，马上就要开业啦，等你结婚那天我可以包你所有鲜花，给你打八折！"

梅梅想都没想就说："你他妈坟头都长草了也等不来那一天。"

我："？？？"

5

如今信息发达，连地铁口的黑车司机都学会了"幽灵抗辩"[1]。

那天我把堵在出站口揽生意的老黄拽进派出所，边做笔录边说："你能不能别堵着站口叫活儿？大家都很烦你唉！"

---

① 指刑事被告人在刑事诉讼中针对检察官的有罪指控，为减轻或者免除自己的刑事责任而提出的似幽灵一般难以查证的辩解。

老黄双手一摊："马警官，你别冤枉我，我可没叫活儿。"

这老家伙，监控里我看得清清楚楚。

我问："那你在干什么？"

他说："我在等人。"

我问："那你为什么要堵在站口等？"

他说："因为我近视眼。"

我说："那你堵在站口为什么嘴里还念念有词？难道不是在揽客吗？"

他答："呃，最近我在学歌剧，没事儿就唱两嗓子呗。"

我说："那为什么你胳膊还四处比画着扒拉人？"

他说："马警官，难道你唱歌不带点儿肢体语言吗？"

我说："我不带！"

他说："那你一定是唱的合唱。"

我："……"

6

读警校时，有一年开"两会"，我和同学去西单执勤。

西单商场后面那会儿有一家挺不错的饭馆，有一天我和同学上勤回来特别饿，不想吃学校的盒饭，就想去买一只烤鸭打牙祭，于是我们俩直接过去，我在外面等着，同学进去买烤鸭。

过会儿从饭馆里出来一对年轻男女，看起来像是两口子，两人边走边吵架，不可开交。尤其是女的声音大极了，各种咆哮，男的嫌丢人就走得特别快，女的干脆站住不动，男的一回头："你走不走?!"

女的说：“不走！”

男的说：“你不走我走！”

女的说：“你敢！”

然后女的又跟沈腾附体似的，朝男的比画手势：“你，给，我，过，来。”

男的杀气腾腾地朝女的走过去。

我一看，妈呀，这是要干架呀，你们考虑考虑我的感受哇，我还穿着警服、戴着大檐帽呢。回头过路群众一看夫妻俩当众肉搏，警察在旁围观，这叫哪档子事儿啊！

我赶紧叫住二人：“哎哎哎！”

两人一同扭头看我。

都不急眼了，都很认真地看着我，仿佛要聆听什么神秘指令。

我一看，这两人还穿着情侣衫呢，胸前的挂坠明显也是一对儿，女的手里还抓着一只男士长款钱包，一看就是老公的。各种线索表明两人其实很甜腻。

“咋了？”两人特一致地问我。

我忽然很气短，人家两口子小打小闹我瞎掺和什么呀！如果我这时候回一句：“有话好好说别打架！”两人会不会笑死我这个单身狗？

于是我鬼使神差地冒出一句：“这家饭馆，怎么样？干净吗？”

“我觉得还可以，但肚丝好像不太新鲜。”

“对对对，肚丝，你这么一说是有点儿。”

男的抱肩，女的托腮，都很认真地分析。而我只想赶紧结束对话。

“怎么了？有人报警举报这家？”

“没有没有，就是例行调查一下……”我觉得自己帽子里全是汗。

没想到两人听此更郑重了，好像在决议什么军国大事一般。

“还有烤鸭也不行。”

“嗯，有股子哈喇味儿。”

“可能鸭子放久了吧。”

“刷的地沟油？”

“你别插嘴！烤鸭不用刷油好嘛！”

“嗯嗯，这个的确要查一查。我味觉还很准的。”

“好。”

我跟他们告别。两人刚要转身，就见我同学拎着个袋子出来了，我怕穿帮赶紧暗示他：“这家烤鸭一般吧？”

结果他说：

“棒极了，这才是正宗的烤鸭。你个土鳖！”

7

以前执勤时认识了位特热情的站务员阿姨，她给我介绍过一个年轻的站务员姑娘。我们在一起吃了饭，姑娘人很好，但饭后我觉得没啥共同语言，还是互不耽误的好，就跟阿姨说算了。

阿姨当时还斡旋了一阵儿，但我斟酌再三，还是婉拒了好意。

后来某天晚上有个醉酒乘客赖在站厅不走，我去出警，发现正好就是之前相亲的姑娘工作的那个站。当时心里还打鼓，怕万一碰到了多尴尬。

但天意弄人，当晚正是姑娘值班，而且她的岗位正是在闸机边上。我要出闸机必须让工作人员帮我刷卡，于是只能硬着头皮跟人家打招呼，让她帮我开闸机。

姑娘一看是我，马上走过来，迅捷地帮我刷了卡，然后看着我走出闸机。

我礼貌性地报以微笑。我发现她今天化了淡妆，搭配着合身的工作制服，显得干练成熟，落落大方。

我想感谢人家，话没出口，发现她一直特认真地看着我，似有话要对我讲。

当时我心生纠结：之前已经拿定主意不交往，但面对人家如此炙热的眼神，如此欲言又止的态度，我是不是应该表示点儿什么？

道歉？不不不，毕竟人家话没出口，我没有资格刷优越感。

寒暄？也不行，那不就向暧昧的方向发展了嘛。低级！

那就保持距离划清界限咯——这劲还真难拿呀！

我微微一笑，很事务性地说："谢谢！"然后和她擦肩而过。

没想到姑娘在身后叫住我："哎，马拓……"

我的天哪，她竟然还记得我的名字！这这这这这这该如何是好？

我惊鸿转身，听她继续说："你是来处理那个喝多了的乘客的吧？"

"是呀。"

"他喝得挺多的，你要注意呀……"

哦，姑娘别再说了，你的心意是我不能承受之重啊！我赶忙打断：

"我知道了，谢谢。"

我决绝地迈开步伐。

"你等一下。"她竟然追了上来，然后把嘴凑到了我的耳边。那一瞬间，整个世界仿佛都放空了。

而我的脑仁儿却在嗡嗡作响。

只听她说：

“你要注意别让那家伙吐我们站厅，保洁阿姨已经下班了！”

然后她就大步流星地走了……

8

有一次我执勤，碰到一个大爷，下午五点就喝多了，出地铁的时候，脑袋磕到了地铁出口的限流带上，当时可能是有点儿晕，再加上酒劲没消，就瘫在地上了。

刚到晚高峰，有很多乘客看到，有人报了警，又不知谁叫了救护车。嗯，至今这是一个谜，这是前提。

我到现场的时候，大爷已经清醒了，脑袋上也没有外伤，我和站务员就让他坐在旁边空地上休息。

然后救护车就到了。

我们都有点儿傻眼，因为压根也不知道是谁为他叫的救护车。

但看到人家救护人员来了，我也只能跟大爷说：“要不您去医院检查一下吧，正好有车给您拉过去，没事儿最好。”

大爷不知道是怕花钱还是怕耽误事儿，死活不去。救护人员一脸蒙。

我只能跟大爷说：“您摔这么一跤，别磕坏了，查查也好。”

大爷犯小孩儿脾气地说：“谁说我摔了？”

“那您在这儿干吗呢？”

“我高兴。”

“那您也是喝酒了吧。”

“对。”

“大白天喝这么多，不摔才怪。”

“我是喝了，但我没有摔跤。我刚得了孙子，高兴喝两口，咋啦？”

“没怎么。可是您确实摔了一跤哇。”

“我没有摔。”

“那您刚才脑袋怎么碰到栅栏上了？”

大爷想了想，说：

“我不敢相信这是真的，就用脑袋碰两下栅栏，看看是不是做梦！”

9

上个班值班，我在地铁站广场口轰黑车。

我旁边有个卖鸡汤豆腐串的大姐。大姐以前是卖烤土豆的，后来嫌削皮麻烦，改卖豆腐串了。但她仍旧很懒，汤料基本都是晕着调，所以做出来超级难吃。我吃过一次，怎么说呢，有种故意把东北大乱炖往重口味做而且做飞了的感觉。

所以大姐摊位前面总是门可罗雀，尽管她很萌很温厚。

后来有一拨乘客出站，我看见一对小情侣凑了过去。女孩子说买水，男孩子说他买份豆腐串吃。女孩子不傻，说好吃吗，都没人排队。男孩儿说喜欢吃豆腐串，想尝尝。女孩子就去一边买水了。

女孩子买完水回来，大姐正把热腾腾的豆腐串递给男孩儿。男孩儿扎了一个豆泡放到嘴里。

我注意观察男孩子的反应。

然后我发现他右侧脸颊抽搐了一下。

女孩儿问："好吃吗？"

男孩儿看看大姐，发现大姐也正歪头萌萌地看他俩。

男孩儿对女孩儿说："挺好吃的，你尝尝。"

就把纸碗递给女孩儿了。

女孩儿接了过去，扎起里面一个什么东西放到嘴里。

男孩儿此刻说："都给你了。"

男孩儿是被女孩儿踹着出的广场。

大姐竟然笑得比我还大声。

10

有一回我在站台上执勤，一位年轻妈妈带着一小女孩儿等车。可能是列车迟迟不来，小女孩儿有点儿烦躁，来回溜达，她妈妈为了哄她，一边按着她肩膀一边旁若无人地唱歌给她听。

小女孩儿终于老实下来，认真听着。

年轻妈妈唱了一首耳熟能详的儿歌《采蘑菇的小姑娘》。

"采蘑菇的小姑娘，背着一个大竹筐……她采的蘑菇最大，大得像那小伞装满筐……谁不知山里的蘑菇香，她却不肯尝一尝，盼到赶集的那一天，快快背到集市上……"

唱了一会儿，小女孩儿拽了拽她妈妈的衣服："妈妈，这小姑娘有毛病啊？”

“怎么了？”

“她好不容易采了那么多蘑菇，为什么要全部背到鸡屎上？”

“？？？”

“你说话呀，妈妈。”

最神奇的是她妈一时竟没反应过来，狡辩道：“你听蘑菇就行了，别管鸡屎！”

然后很气短地不唱了。

我犹豫用不用帮孩子妈解答一下。结果这时车来了，妈妈带着小女孩儿上车了。

临上车时小女孩儿还是一副“哇，这世界真重口味”的惊讶脸。

11

这几天我们地铁站有武警小战士站岗。他们一般都笔管条直地站在出入站口，目空一切傲视前方，有着不符合实际年龄的淡定和自信。

前两天，早高峰，我看见一个小战士在队长的陪同下，和一个穿便装的姑娘在说着什么。我问身边的地铁保安：“他们干吗呢？”

保安说：“你不知道？昨天逗坏我了。”

保安告诉我，昨天早高峰他在这里值班，小战士就站在他的边上。一阵人流涌过，他们前面不远处的地上，出现了一个孤零零的移动硬盘。

保安心想，八成是哪位乘客掉的，刚想去捡，却见旁边走过一名男乘客，伸手要去捡那个硬盘。刚哈下腰，就听旁边的小武警发话了：

"是你的吗？"

搞笑的不是这句话，是小武警依旧目视前方。

男乘客有点儿蒙，不知道他是不是在问自己。

"是你的吗？"

小武警又问了一遍，但眼睛还是盯着马路上的人流。

男乘客这回秒㞞，傻傻地摇摇头，一溜烟跑了。

一会儿又来了个乘客，要去伸手捡硬盘，小武警还是那句话：

"是你的吗？"

"？？？"

乘客回头看一眼，确信小武警是在问他，深感事态严重，又灰溜溜地走了。

保安觉得这小武警挺有意思，既不去捡，也不张扬，只是兀自站在岗上，利用余光守着那个硬盘。最逗的是，他每次询问捡拾者时，都是挺胸抬头，定睛在远方。威严极了。

所以保安干脆也没捡那硬盘，看看小武警到底能不能大浪淘沙，找出失主来。

可惜，最后失主也没有露面。到了小武警换岗的时间，他径直走到硬盘前，一猫腰捡了起来，拿回了驻地，也就是我们单位。

原来现在在我们单位门口说话的姑娘就是失主。看来小武警的苦心没有白费。

姑娘很漂亮，长发飘飘，一直在跟小武警说着感谢的话。小武警只是轻轻瞥了她一眼，淡淡地嘱咐了她一句小心财物的话。

姑娘和他们握了手，转身走了。

然后我发现，就在姑娘转身的一瞬，小武警脸"腾"地红了。

12

自从我们地铁站配了自助提款机，很多乘客就开始了跟它的恩怨纠缠。

有一天我在值班，一位大姐郑重其事地敲值班室的门，连比带画地向我控诉自己被诈骗的经过。

大姐说，在站厅里有个人没钱买票，问能不能管她换点儿现金，大姐心眼好，说自己也没有现金，于是和那人来到提款机前取钱。

插卡，操作，然后大姐发现自己卡里的余额为0。那乘客见状，就走了。

大姐反应过来甚是崩溃，跟我说："肯定是他使了什么招数，把我的钱刷走了呀！"

"他操作机器了吗？"

"那倒没有。"

"他让您按照他的套路操作机器了吗？"

"没有哇！"

"您确定之前卡里有钱？"

"有哇，有一千多块钱呢！"

"那他站在您旁边都干吗了？"

"我猜，他偷看了我的密码，把我的钱都划走了！"

我心想，这也不太可能啊，就算是盗刷，也不可能瞬间得逞吧？难道是新型诈骗，隔空转账？要么是大姐中了迷幻药，个中细节记不清了？嗯，我给大姐倒了一杯水，她一口就闷了，还打了一个嗝。我觉得也不是没有这种可能性。

我赶紧陪她去站厅里重演一遍当时的情景。

随后我俩来到站厅里，我看大姐重新插了卡，输了密码之后，我让她按“余额”。

大姐一顿：“按这里呀？”

我说：“是呀。”

大姐按了“余额”，颤颤巍巍喘气，等页面出来，发现一千多块钱安然无恙。

“嗯？”她还一脸无辜。

“您刚才按的什么？”

大姐指着另外一个选项。

“查询电子账单”……

“你很聪明。”冷静下来的大姐用老干部的语气深沉地肯定我。

13

上礼拜我在站台上执勤，有两次碰到同一个姑娘。

第一次是傍晚，她顺着人潮从列车上下来，本是快步疾行，跟我擦肩而过后，又忽地折了回来，歪着脑袋跟我搭话。

“那个，麻烦问你一个问题好吗？”

我看了看她，她穿着一件银白色毛线织成的帽衫，背着一个浅灰色的小双肩背包，戴着小银丝眼镜，看起来好像还是大学生。

“你说。”

“是这样，”她眉头微蹙，有点儿踌躇，“这几天我坐地铁，特别诡异。”

“？？？”

“我早上总能碰到一个人，一个男的，跟我差不多大，特别巧。”

她说着说着就有点儿忧心忡忡了。

“然后呢？”

“然后……他，他就是每天都跟着我进车头的车厢，因为我习惯每天都上这边的站厅台阶，上来之后走几步直接就是那节车厢。所以我每天都能看到他，有时候在我身后，有时候在我身边。走进车厢之后哦，他就站在我不远处，还会看我。”

我开始很正式地看她：“你是说他跟踪你？”

姑娘很笃定地点了一下头，但马上又谨慎起来：“我麻烦问你一下呀，因为我也没你有经验，是不是很多乘客都和我一样，每天早上乘同一班地铁，然后站在同一车厢的同一位置？你知道我也怕自己是神经敏感，所以……”

我为了缓解她的紧张，先借坡下驴：“是呀，咱们这站地铁，尤其是早高峰，百分之九十都是学生党和上班族，我见到的好些都是熟脸。所以对他来说可能也是固定的习惯。不过你有没有试过换一节车厢，看看他什么反应？”

“今天早上我换到第二节了，他又跑到第二节了。你说这是什么情况？”她下嘴唇往上一滑，眉头也皱得更紧了。

我又问了她一些问题，比如他有没有骚扰行为，有没有跟着她下车，两人有没有过交流，等等，得到的都是否定答复。

于是我给她出主意：“要不这样，如果下次你再看到他跟着你，碰见我的话我过去帮你问问他，即使他没想怎么样，也吓吓他，你看行不行？”

她好像放心了，说：“好。”

下了勤我觉得自己揽了一个倒霉差事。这显然是一口很不好的锅：那个男孩儿听起来似乎被姑娘形容得挺不堪，但人家似乎也没有什么出格行为。最多就是在车厢上看她两眼，我要是贸然前去问人家“你为什么老跟着她”，好像过于唐突了。怎么就能证明他在跟踪她？无非就是每天搭乘同一班地铁罢了。那家伙轻松狡辩一下，我可能就哑口无言了。再倒霉点儿，人家觉得丢了脸投诉我，我也没脾气呀。

圆滑一点儿，怎么才能把话说得通透而不漏？

——你怎么老是碰到她？够巧的呀！

——你是不是认识她？有什么话想对她说？

想了想我自己都够了。这件事我整整纠结了一晚上。

好在我第二天没有碰到那个姑娘。

第三天休息，第四天我也没碰到。

暗暗松口气。

第五天早上，早高峰，我碰到了她。

她远远地看我，她穿了件很漂亮的长衬衫，背的包换了，是一款轻奢的小皮包。老实说，我有点儿头大，朝她抬下巴：“怎么样了？”

她走过来，跟我说：“这两天我没有碰到他。”

我松了口气。

没想到她叹了口气。

我说：“怎么了？”

她看了看我，下嘴唇又是往上一努，这回显得挺俏皮：“没事儿，我就问问，你说之前那是巧合呀，还是……”

我感觉有点儿不对了：“啥意思呀？”

她有种被戳破的“小狼狈”：“没事儿，他还挺帅的。”

我的天哪，我的天哪，我的天哪！

我还傻乎乎地要劝“骚扰”她的人就此罢手呢，我还纠结了一晚上话要怎么说圆呢……

我感觉我和她之间那道代沟如同盘古开天辟地一般炸裂开来。

好想扶墙啊！

她憋不住了，抿着嘴还笑得露了牙花子。阳光打在她的头发上，有种暗红的光晕。然后她不好意思继续逗留了，笑着留给了我最后一瞥，还好死不死地说了句：

“靴靴（谢谢）你呀，叔叔。”

14

地铁广场上有一个麻辣烫小店，成天人头攒动，好像很不错的样子，我垂涎已久。

但到了麻辣烫店门口，我发现那里停了一辆空的小面包车，挡在通道处碍手碍脚，给乘客们找了不少麻烦。我进去问麻辣烫老板娘，跟她说我是派出所的，她门口的车是谁停的。

那是一个镶着金牙的大姐，说：“我也不知道车是谁的呀，好像是地铁站员工的，停在这里有一会儿了。”

地铁站有专门的停车场，不允许私家车停进站前广场来，这个乘客都知道，更别提工作人员了。所以，我觉得她在蒙我。

悄悄问了问旁边的烤面筋店，人家说就是麻辣烫店的车，刚开过来，正准备上货。可能是怕我处罚她，所以编了瞎话。

我又找到麻辣烫店的金牙大姐，问她：“你再想想，是哪个地铁员工的？长什么样？”

金牙大姐支吾了一下，仍是面不改色地说：“没看清啊。我一直在里面忙。”

我说：“哦，那我就在车外等着人回来，看看到底是谁敢把车停在这里。”

金牙大姐没言语，灰溜溜地进店忙活了。

我就在外面站了二十多分钟。这二十多分钟里，我看见金牙大姐时不时隔着玻璃窗打量着我的身影和周围的环境，眼神如同克格勃工作人员一样闪动。但我始终坚定如初，看她能跟我扛到什么时候。

又过了十分钟，麻辣烫里顾客慢慢少了。我猜，是他们的食材不够了。

金牙大姐在里面假意打扫卫生，心事重重地慢慢靠近我，好像要跟我说什么，但看我仍旧煞有介事地盯着那辆车，一缩脑又回去了。

我隔着小面包车的玻璃往里看去，后座上放着好几个大的保温箱，估计他们店里一大半的食材都被我当作“人质”了。

一拨拨乘客离去，这对他们来说就是流量啊！估计金牙大姐的心都在滴血吧！

又过了二十分钟，店里顾客寥寥。金牙大姐实在扛不住了，出来跟我说：“小伙子，这个车是我家的，我们上货用的，货还没上完呢……”

我说：“那你为啥骗我？”

她说：“因为这里不让停车的呀。”

我说：“知道把车停在这里会造成什么后果吗？”

“知道。”

“会造成什么？”

"挡着乘客吧，也可能会碰到大家。"

"知道你还这么自私，还骗我。"

大姐朝我嘻嘻一笑，露出满嘴金牙："别生气了，来来来，我请你吃麻辣烫。"

我说："我可不吃了，你认识到错误就行。"

"吃点儿吧，吃点儿吧！"她使劲拽我，我就一直往外走。我是肯定不吃的，她既然知道了我的身份，而且有了这么一档子事儿，她肯定是要贿赂我呀！我怎么能中这种糖衣炮弹呢？

"真不吃了，我走了。"

"别呀，来来来，吃点儿吧，大热天的，你就别客气啦。"

我说真不吃了，没客气。

"吃点儿吧，算你帮我呀，车里豆泡都快馊了。"

15

上个班值班，一姑娘来我们前台求助。

姑娘提了两个小盒子，好像中秋节发的水果，气喘吁吁地跟我讲事情。

她说她前几天在某个地铁站外捡了一部手机，当时因为着急上班，就把手机交给了附近一个执勤的老保安。今天想想觉得不放心，找到我们派出所，问我们有没有收到保安送过来的手机。

我赶紧让同事查了下，没有。

姑娘有点儿意外，又挺着急："啊，那怎么办哪？"

我说："没事儿，你留那个保安的姓名或者工号了吗？我让我们站上的同事去问问。"

姑娘说没有。我问了她那保安大概的体貌特征，让站上的同事去保安执勤的地方查找。后来才知道在那里执勤的保安们不属于地铁，也不属于公安局，属于附近社区找的一家保安公司派下来的保安队。我们设法联系了保安队的两级领导，费了半天工夫跟他们反复确认，最后终于锁定了当天在岗执勤的保安队员。

但是发现那个保安在当天就辞职了。

好扎心哪。

姑娘也很自责，说："那个保安大叔看着挺真诚的，没想到是那样的人哪。这事儿赖我。"

我说："其实你也是好心。"

后来我让保安队长设法联系那个离职的保安，但没有成功。由于他们招工基本也是临时性质，所以手上没有更多对方的信息。

我挺生气："你也不问问怎么就突然辞职了？"

队长是个小伙子，不爱听了："我也不知道这事儿啊，我们这儿还有干了一班岗就走人的呢，我哪有权力扣着人不让走？"

姑娘赶紧劝我，说算了，这事儿赖她，以后她吸取教训。

随后她哈腰从脚边的水果盒子里拿出两个苹果，念叨说："真不好意思给你找了这么大麻烦，给你吃苹果呀！"

心里一暖，不过我说："这我怎么能要？"

她使劲往我怀里塞："你不要可不行！是不是赖我这事儿没处理好？"

我赶紧往边上闪："当然没有，我是说我也没帮上什么忙。"

她说："算啦，是我不好。别再想了，也许他辞职不是因为手机的事儿呢？也许是人家家里有急事呢？也许失主已经联系上他要回了手机呢？总之我下次注意，但这苹果你一定要收着呀！"

我要跑，她使劲拽着我胳膊。

我说："那我要一个就行。"

她扒拉开箱子："拿四个！"

我说："我……这个真不行。"

她说："你再说不行，那就是六个。"

我只好接过苹果，然后把姑娘送出门，看着她小小的背影消失在夜色中。

唉，姑娘啊，你真善良。

劲也真大。

16

一个事主小姐姐找我报案，因为案情问得比较详细，时间过得很快。然后小姐姐说她没吃晚饭，脑袋犯晕，可能有点儿低血糖。

我一听这可不太美妙，赶紧说："啊，那我给你找点儿吃的吧。"结果找了半天，只找到了一袋方便面。正好我有煮面锅，我就跟她说："可以煮面给你吃！"她说："好哇好哇。"

我架上锅，插电，她咽口水。结果水开了我才发现，这方便面是火鸡面。

什么叫火鸡面？她歪着脖子问我。

我说就是特辣的那种。

她说没事儿，辣点儿也没事儿，总比昏过去强。

我一想也对。

煮好，拌好，红彤彤的，她就开始吃，大口大口地吸溜。真是饿坏了。

我很有成就感地看着她。

没想到火鸡面这种东西后劲大，吃头几口根本感觉不出辣味儿，只是一股甜味儿。越到后面越辣。小姐姐可能吃得太猛，辣劲上来的时候，一大碗面几乎已经被她消灭掉了。

“啊！”她整个人忽然定住，说道。

我转眼再看她，她已经鼻歪眼斜了。

我说：“你没事儿吧？”

她嘴唇全是紫的，话都说不利落了：“太……辣……呃……”

我说：“我跟你说了很辣呀。”她涕泗横流，一副“我大意了呀，没有闪”的绝望表情。

我赶紧给她找水喝，她喝了一杯又一杯，起码有四五杯水吧。然后就开始一趟一趟往厕所跑。同事见我们这屋大呼小叫人进人出的，以为出了什么事，都过来问我。

我说我给她吃了一包火鸡面。同事说：“你真狠。”

说得我越来越自责。

那天晚上我们搞到很晚，好在她家住得不远，我开着警车把她送回了家。

看她进的小区。

只是怕她投诉我。

17

有一天指挥室让我出警，说地铁站广场上有大量乘客聚集，让我看看怎么回事儿。

我赶紧跑出去一看，发现是一大群人围着一个姑娘。姑娘坐在地上号啕大哭，披头散发。

我以为是被抢劫或者被盗了，赶紧问姑娘受了啥委屈，需不需要帮助。

一个围观乘客告诉我，嗐，没大事儿，刚才姑娘一出地铁就被分手了，男朋友拂袖而去，她就这样了。

姑娘好像听见有人议论她，哭得更伤心了："我让他回来！我就要他！啊啊啊啊啊！"

那嗓门、那节奏……我相信姑娘在校时一定是啦啦队主力。

我想去先把她搀起来，姑娘纹丝不动。我问她男朋友电话，她又避而不提，只是继续哭喊发泄。

我甚是崩溃。

忽然转机出现了。我们地铁站长期活跃着一个靠拾荒为生的精神有点儿问题的老阿姨。老阿姨可能是年轻时受过刺激，总是说一些神神道道的话，平时捡捡垃圾卖卖钱，但凡地铁站有热闹她一定第一时间凑上去。

这老阿姨一直在姑娘身边，可能是实在看不下去了，突然冲姑娘张开怀抱："姑娘不哭不哭哦！来来来，站起来等哦！"

姑娘瞥了眼她，没理会。

老阿姨眉头一皱，嘴唇一抿，忽然哈腰搂住姑娘，一把把她抱了起来。

姑娘可能感受到了老阿姨怀抱的温暖，站起来止住了哭泣，使劲揉眼睛。围观群众也很受触动，这就是活脱儿的一幕"感动地铁站"嘛！几乎很快就要有人带头鼓掌了。

我很感谢老阿姨。我暗下决心，以后收集到的单位里的废旧瓶子都给她。

然而……

老阿姨把姑娘扶起后立马松开了手，然后“嗖”地捡起姑娘屁股底下一个扁了的易拉罐，嘟囔了一句：“刚踩扁就让你坐上去了，哼！”

然后在众人都没反应过来之际，老阿姨一溜烟钻出人群，没影了……

姑娘看了看傻了的众人，看了看我，酝酿两秒，又“哇”的一声仰天大哭起来。

我想跟她一起哭。

18

我们地铁站广场上商亭里有个卖货姑娘，人称“小魔女”，喜欢把头发染成各种颜色。她每每染出一个新造型，就会充满期待和紧张地问周围人：“这颜色怎么样？扎不扎眼？摩登不？”如果风评不好，她就赶紧换掉，雷厉风行。

我曾经在她家买过馅饼，不过之后我们的关系迅速恶化。因为她夏天总爱在门口捣鼓出个冰柜，冬天支出个茶叶蛋炉子，行话叫“店外经营”，挡乘客去路。我说过她两回，从此以后她对我就有点儿情绪了。

有一回她的商亭和一个什么矿泉水品牌搞活动，外面插了把广告伞，还把十几箱水码成了积木，边上摆着蓝牙音箱“嘣嚓嘣嚓”放着歌，她自己和着鼓点惬意地在店里烙馅饼，要不是窗口全是韭菜味儿，我都以为是来到了什么美食 DIY 大派对。

我噔噔过去，说："你疯啦？小心乘客举报你。赶紧收进去。"

她把铲子一扔，旋即又很套路地跟我眨眨眼："我给你两瓶还不行？"

"行，我一边喝一边在你门口哭。"

"神经病。"

最近几个月我们地铁站前面修路，她的商亭暂时撤掉了，据说年底复建，但进度好像有些慢。于是我有一百多天没有见到她了。

这俩礼拜我连着好几个晚上都能看见她骑着电动车过来看施工进度。她戴着粉色的脖套，脑袋上扣着一顶小熊毡帽，围脖、羽绒服把整个人捂得特别严实，好像女领导视察北极来了。

然后每次她都特别失望地离开。

看得出来，她是真着急了。

快过年了，想必她不想把糟心事留到下一年吧。

前几天晚上我在广场上站着，看她又骑着小电动车过来了。然后她竟然把小车停在了站口边上，小跑两步去找那边的工人了。

我一看，这车停得真没品，走过去大喊她："嘿！你真行！"

但与此同时，我发现她好像跟那边的工人闹了点儿不愉快，好像是嫌人家动作慢，磨洋工，正在争执着什么。

她听见我叫她，猛一回头看是我，使劲快走两步过来，瞪着我说："我怎么行了？"

我看她眼圈好像有点儿红，嘴里呼的白气还在脸边蒸腾。

我几乎下意识地说："这些天跑哪儿去了？我想吃你烙的馅

饼了！”

她双眼大睁：“真的吗？”然后笑出声来。

可能是她穿太多，又跑了两步，这会儿热了，潇洒地摘掉了毡帽，秀发如瀑。

嚯——！紫色的啦。

图书在版编目（CIP）数据

热爱生活的一万个理由 / 马拓著 . -- 长沙：湖南文艺出版社，2023.1
ISBN 978-7-5726-0955-8

Ⅰ. ①热… Ⅱ. ①马… Ⅲ. ①故事—作品集—中国—当代 Ⅳ. ① I247.81

中国版本图书馆 CIP 数据核字（2022）第 228583 号

上架建议：文学 · 随笔

RE'AI SHENGHUO DE YIWAN GE LIYOU
热爱生活的一万个理由

著　　者：马　拓
出 版 人：陈新文
责任编辑：匡杨乐
监　　制：邢越超
策划编辑：刘　筝
特约编辑：张春萌
营销支持：文刀刀
封面设计：广　岛
封面插图：vivid 雨希
版式设计：潘雪琴
内文排版：百朗文化
出　　版：湖南文艺出版社
（长沙市雨花区东二环一段 508 号　邮编：410014）
网　　址：www.hnwy.net
印　　刷：三河市中晟雅豪印务有限公司
经　　销：新华书店
开　　本：875 mm × 1230 mm　1/32
字　　数：205 千字
印　　张：8.5
版　　次：2023 年 1 月第 1 版
印　　次：2023 年 1 月第 1 次印刷
书　　号：ISBN 978-7-5726-0955-8
定　　价：49.80 元

若有质量问题，请致电质量监督电话：010-59096394
团购电话：010-59320018